この本《ほん》に　とうじょうする　なかまたち

パパの　じょしゅ
オー

まほうが　つかえる
のんのんママ

天才《てんさい》はつめい家《か》
のんのんパパ

のんびりやの
のんのん

おませな
きらりん

のんのんかぞく

スイーツが　ねんりょう！
のんのん号《ごう》

のんのんかぞくとあそぼ！

のんのんかぞくの夏まつり

絵／森のくじら

構成・文／グループ・コロンブス

新日本出版社

1　ふしぎな　のんのんかぞく

ここは　のんびり町《まち》。
みんなが　すんでいる
ちきゅうから　少《すこ》し
はなれた　星《ほし》に
ある町《まち》です。

この町《まち》には、みんなが
見《み》たことも　ないような
ふしぎで　かわいい
生《い》きものが　くらして
います。

おや、あそこの　家《いえ》に
ねむっている　子《こ》の
すがたが　見《み》えますよ。

ジリリリリ！
アサダゾー！　アサダゾー！
めざましが　なっています。
「ふあ〜。よく　ねた！
のんの〜〜んっと」
のんのんは　大《おお》きく
のびを　しました。
すると……。

ぐ　ぐ　ぐう〜ん！

のんのんの　うでが
おどろくほど　のびました。
のんのんは、あくびを
しながら　ぐうんと　のびた
手《て》で　まどを　あけます。
のんのんは　ちょっと
かわっていますね。

のんのんは　のんびり小学校《しょうがっこう》に　通《かよ》う　男《おとこ》の子《こ》。
三角《さんかく》やねの　となりに、大《おお》きな　ドームが
ならんでいる　家《いえ》が　ありますね。ここが　のんのん
かぞくの　家《いえ》です。
きょうは　年《ねん》に　一《いち》どの　夏《なつ》まつりの　日《ひ》。町中《まちじゅう》が
そわそわしている　ようですよ。

夏《なつ》まつり
ほんわか野原《のはら》が夏《なつ》まつりの会場《かいじょう》なんだ
さわやかはま
ここがぼくのお家《うち》だよ

「るん　るん、るんたったー。きょうは
楽《たの》しい　夏《なつ》まつりー。花火大会《はなびたいかい》も　あるんだよー」
のんのんが、歌《うた》を　歌《うた》いながら　リビングに
おりてくると、キッチンから　こげくさい　においと
いっしょに、ママの　はな歌《うた》が　聞《き》こえてきました。

「おはよ……うっ。こげくさい　におい……」

「おっと　しっぱい！　ベーコンが　まるこげだわ。
もったいないわね……。そうだ！」

ぺろ　ぺろ　りーん

ママが、くるっと　人《ひと》さしゆびを　ふると……。
まあ　ふしぎ！
こげた　ベーコンが、きれいな　バラに
なりました。

じつは、のんのんママは、まほうが　つかえます。
ママの　ママ（のんのんの　おばあちゃん）も、
ママの　妹《いもうと》も　まほうが　つかえる　まほう一家《いっか》に
生《う》まれました。
でも、ママの　まほうは、食《た》べものにしか
ききません。ほかの　まほうが　つかえるように
なるには、もっと　しゅぎょう※が　ひつようなのです。
でも、のんのんママは、りょうりが　大《だい》すきなので、
この　まほうだけで　じゅうぶんだと　思《おも》っています。

※〔しゅぎょう〕れんしゅうすること。

「ママってさ、　ときどき、　ちょっと　ドジだよね」

「あら。　おはよう、　のんのん。　うふふ。
ドジな　ところが　チャームポイントなのよ」

そういいながら、　ママは、　テキパキと
すばやく　朝《あさ》ごはんを　作《つく》ります。

「ねえねえ、　ママ。　きょうの
夏《なつ》まつり、　もう　行《い》ける？」

「まだよ、　のんのん。　もうちょっと　したらね」

「もうちょっとかあ。もうちょっとって
どのくらいかなあ。ああ、ぼく　また　ねむくなって
きたよう」

のんのんは、とても　のんびりや。ママのような
まほうは　つかえませんが、どんな　生《い》きものとでも
なかよくなれる　さいのうが　あるんですよ。

「ねえねえ、きらりんね、夏《なつ》まつりで　あたらしい
ゆかたが　きたいの」

そういったのは、のんのんの 妹《いもうと》の きらりん。
ちょっと なまいきで、※おませな 女《おんな》の子《こ》です。
おしゃれが 大《だい》すきで、ママに ならって、まほうの
べんきょう中《ちゅう》です。

※（おませ）おとなっぽいこと。

のんのんママの まほう de《で》 ゆかた！

～きらりんの ゆかたは どれ？～

のんのんママの　まほうで　食《た》べものが
ゆかたに　へんしん！
きらりんが　きたい　ゆかたは　①～⑥の
どれか　わかるかな？

※答《こた》えは　92ページに　あるよ。

③ ももと みかんの ゆかた

⑥ にんじんと トマトの ゆかた

きらりんが ほしい ゆかたはね、

・赤《あか》い 食《た》べもの
・丸《まる》い 食《た》べもの
・細長《ほそなが》い 食《た》べもの
・星《ほし》の かたち
・黄色《きいろ》い 食《た》べもの
・ハートの かたち

……が 入《はい》った もようよ！

① いちごと レモンの ゆかた

② りんごと バナナの ゆかた

④ アイスと あめの ゆかた

⑤ わたあめと たこやきの ゆかた

バタン！

そこに、とつぜん　入《はい》ってきたのは、のんのんパパ。のんのんパパは　はつめい家《か》。なんでも　作《つく》って　しまう　天才《てんさい》はつめい家《か》なのですが、けさの　パパの　ようすは……。よごれた　ふくに　めがね、毛《け》が　もしゃもしゃと　立《た》っていますよ。頭《あたま》に　とまっているのは、オウムの　オー。パパの　ゆうしゅうな　じょしゅ※です。

※（じょしゅ）手《て》だすけを　する人《ひと》（オーは　鳥《とり》だけどね）。

「おはよう、パパ。また、じっけん中《ちゅう》に
ねちゃったの？」

「オハヨウ！　パパ、ネテナイ！　ボクモ、ネテナイ！」

「むにゃ　むにゃ、おはよう。
ああ、いい　においだな。おなかが　へったぞ。
……む、む、むむっ、ひらめいた！
そうか、あれを　ああして、こうすれば……」
パパは　テーブルの　上《うえ》の　パンを
いくつか　つかむと、

ドタ　ドタ　ドタ……バタン！
あっと　いう間《ま》に　出《で》ていって　しまいました。
ウィーン　ウィーン　ガチャ　ガチャ
キュキュ　ギュイーン……
遠《とお》くから、きかいの　音《おと》が　聞《き》こえて　きました。

※〔かいぞう〕作《つく》りかえること。

パパは、いつでも　どこでも、ひらめくと
はつめいに　むちゅうに　なって、だれにも
止《と》められません。
家《いえ》の　よこに　ある、大《おお》きな　ドームが、パパの
けんきゅうじょです。

この　けんきゅうじょの　中《なか》は、パパが　なんども
※かいぞうを　しているので、まるで　めいろの　よう。
一《いち》ど　入《はい》ったら、とても　ひとりでは　出《で》られません。

「……パパ、夏《なつ》まつりに　行《い》くこと、
わすれて　いないかなあ」

「うーん、あやしいわ。
朝《あさ》ごはんを　食《た》べたら
ふたりで　けんきゅうじょまで
むかえに　行《い》って　あげてね。
さあ、きょうは　夏《なつ》まつりで
いそがしいわよ」

「早《はや》く　パパを　むかえに　行《い》かなきゃね！」

のんのんパパの けんきゅうじょへ ようこそ！

～パパを むかえに 行《い》こう～

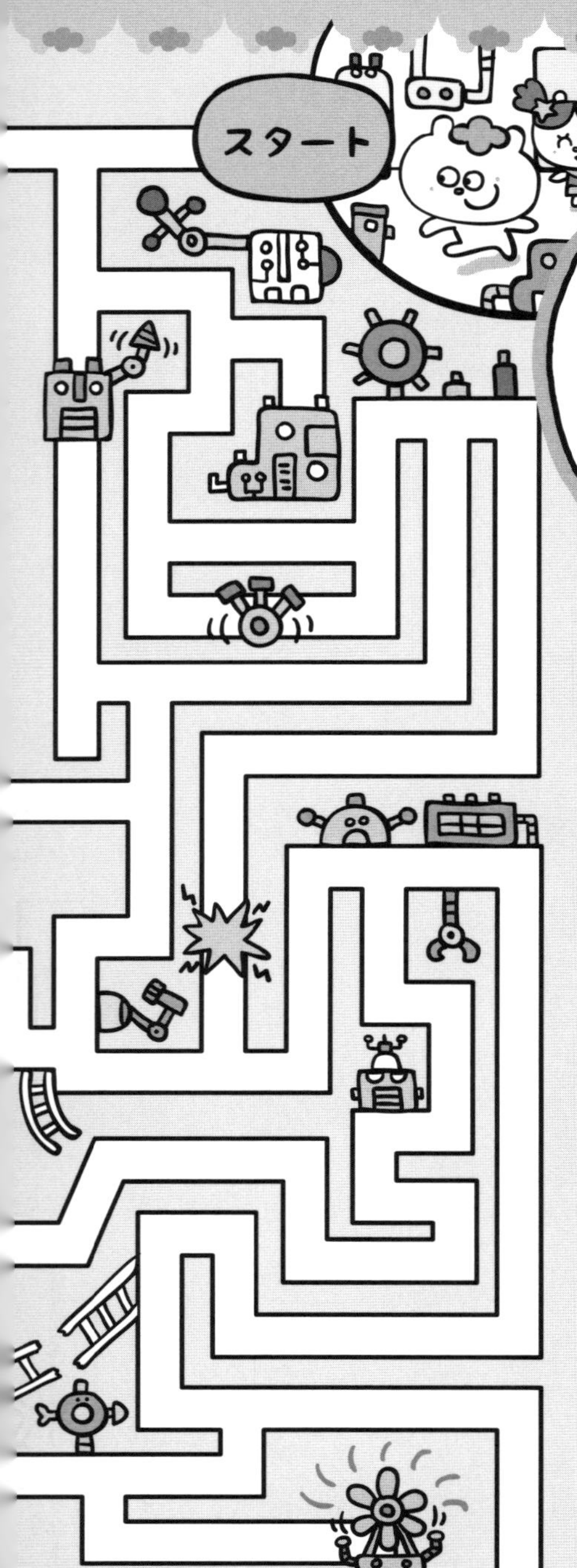

パパの けんきゅうじょの 中《なか》は、
ふしぎな どうぐや はつめい品《ひん》で
いっぱい。うっかりすると、きかいの
スイッチが 入《はい》ってしまうかも!?
のんのんと きらりんは、ぶじに
パパを むかえに 行《い》けるかな？

※同《おな》じ道《みち》は 2回《かい》 通《とお》れないよ。 ※答《こた》えは 92ページに あるよ。

ゴール

ぶじ、パパを　むかえに　行《い》くことが　できました。
さあ、これで　じゅんびは　ばっちり。
パパの　一番《いちばん》の　じしん作《さく》、「のんのん号《ごう》」に　のって、
夏《なつ》まつり会場《かいじょう》に　しゅっぱつです！

これがのんのん号《ごう》だ！

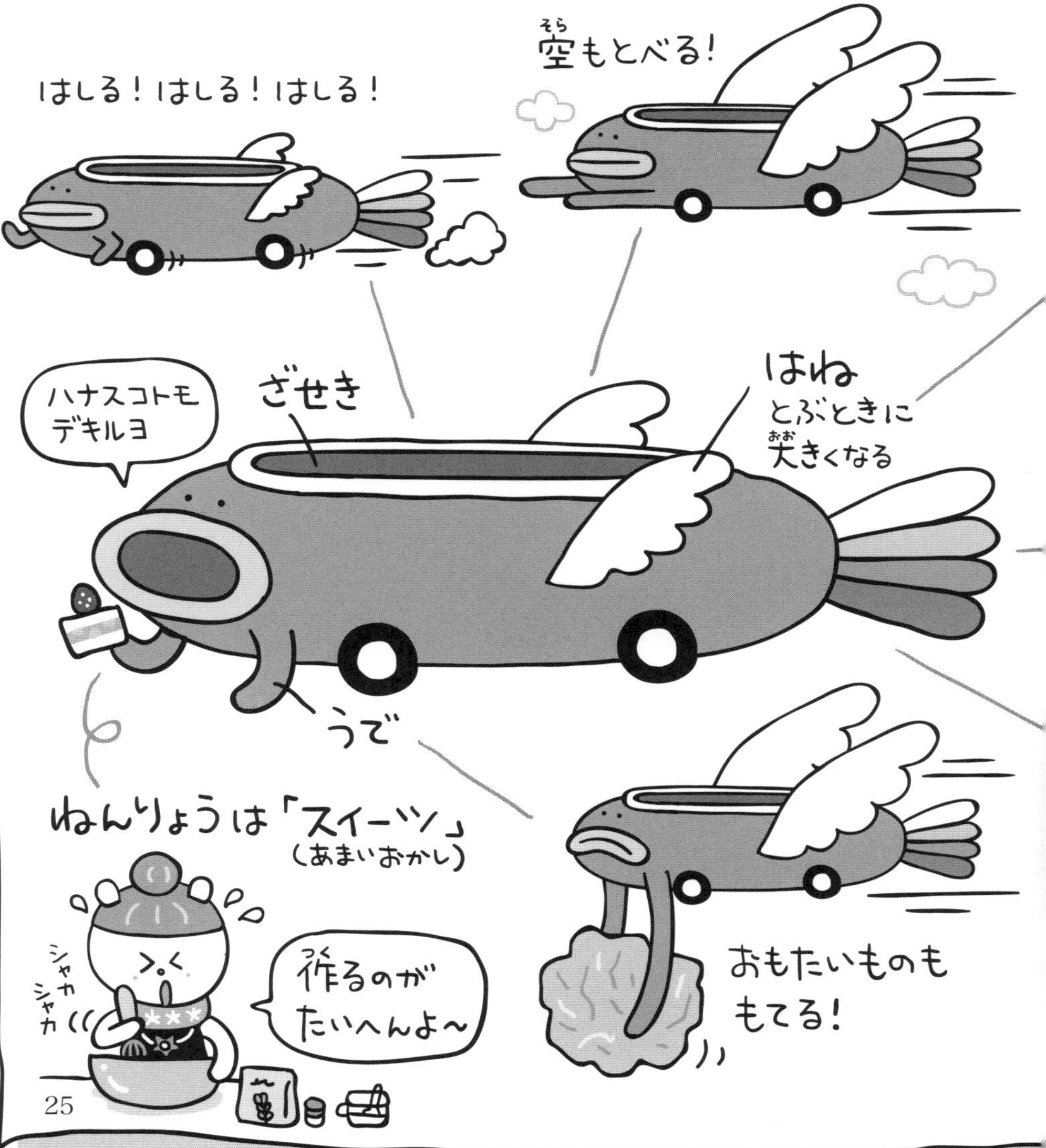

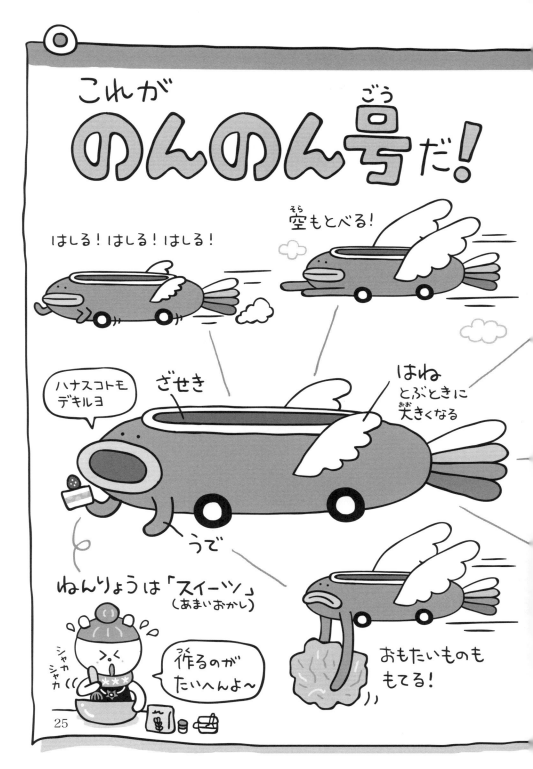

2 のんのん、夏《なつ》まつりに行《い》く

いか

のんのんたちは、のんのん号《ごう》に　のって、夏《なつ》まつりに　やってきました。

やきそば、わたあめ、かきごおり。やたいが　ならび、たいこや　ふえの　音《おと》が　しています。やぐらの　まわりでは、町《まち》の　みんなが　ぼんおどりを　おどっています。まだ　お昼《ひる》の　時間《じかん》ですが、会場《かいじょう》は　大《おお》にぎわい。

「どれに　しようかなあ。まようなあ」

「あたし、わたあめと　りんごあめ！」

あま～い
いちごあめ～

かいがら
ジュース
人気《にんき》の
かいがら
ジュースだよ

のんのん・きらりんと 夏《なつ》まつりde《で》あそぼ！

〜きめた　やたいを　まわろう〜

夏《なつ》まつりの　会場《かいじょう》を　たんけん！
わたあめ→わなげ→金魚《きんぎょ》すくい→
りんごあめの　じゅんばんに
やたいを　通《とお》って、ゴールまで　行《い》こう。
きめた　やたいしか　通《とお》っては　だめだよ。

※同《おな》じ道《みち》は　2回《かい》　通《とお》れないよ。
※答《こた》えは　93ページに　あるよ。

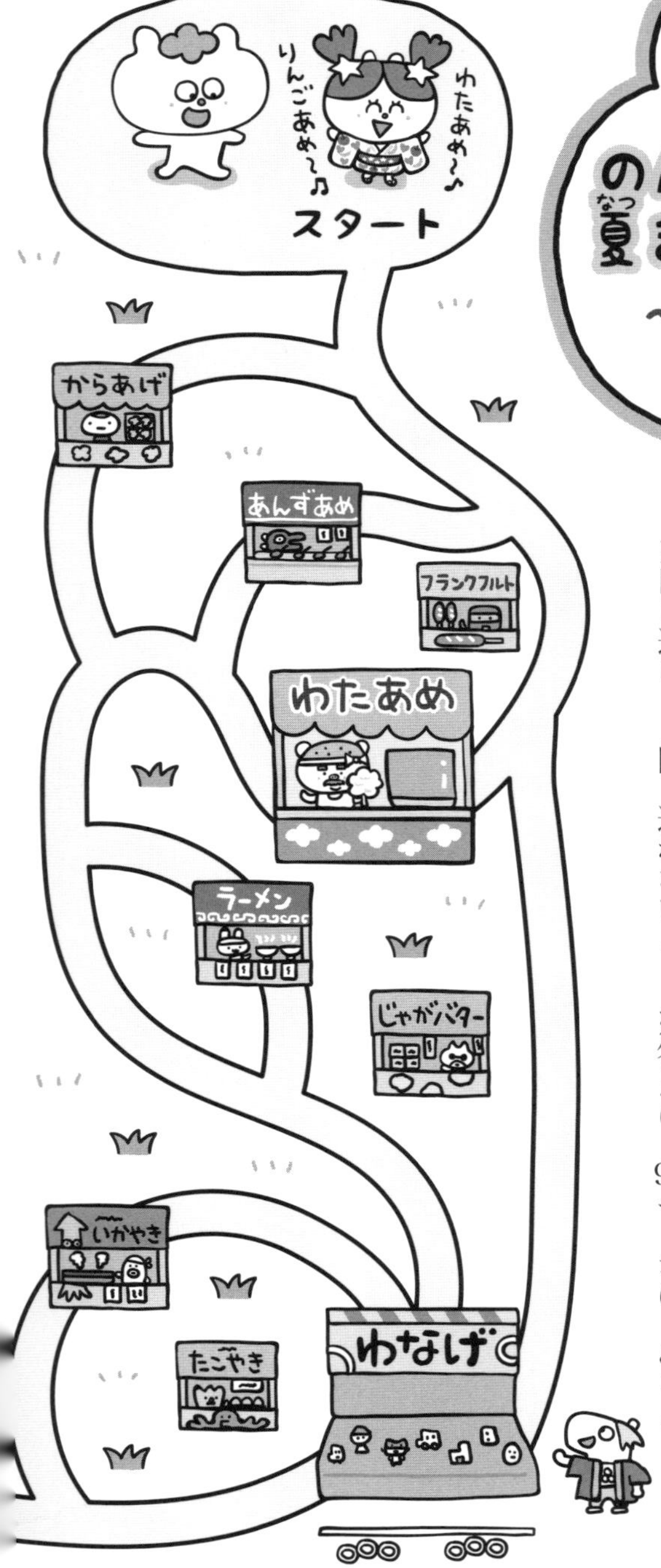

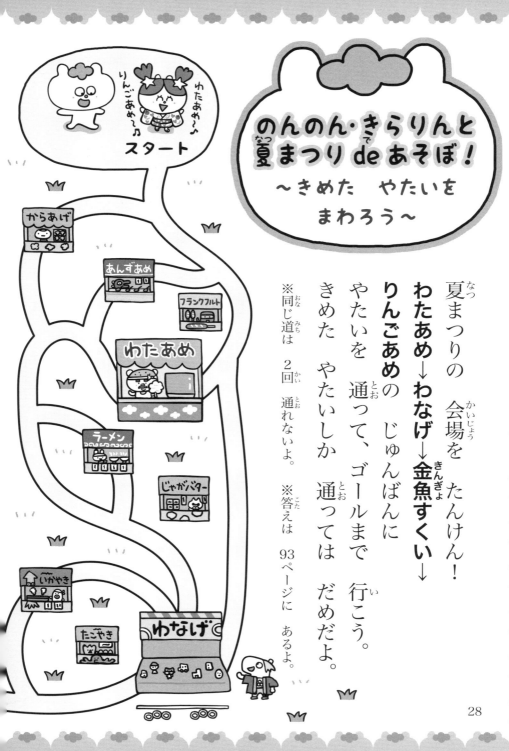

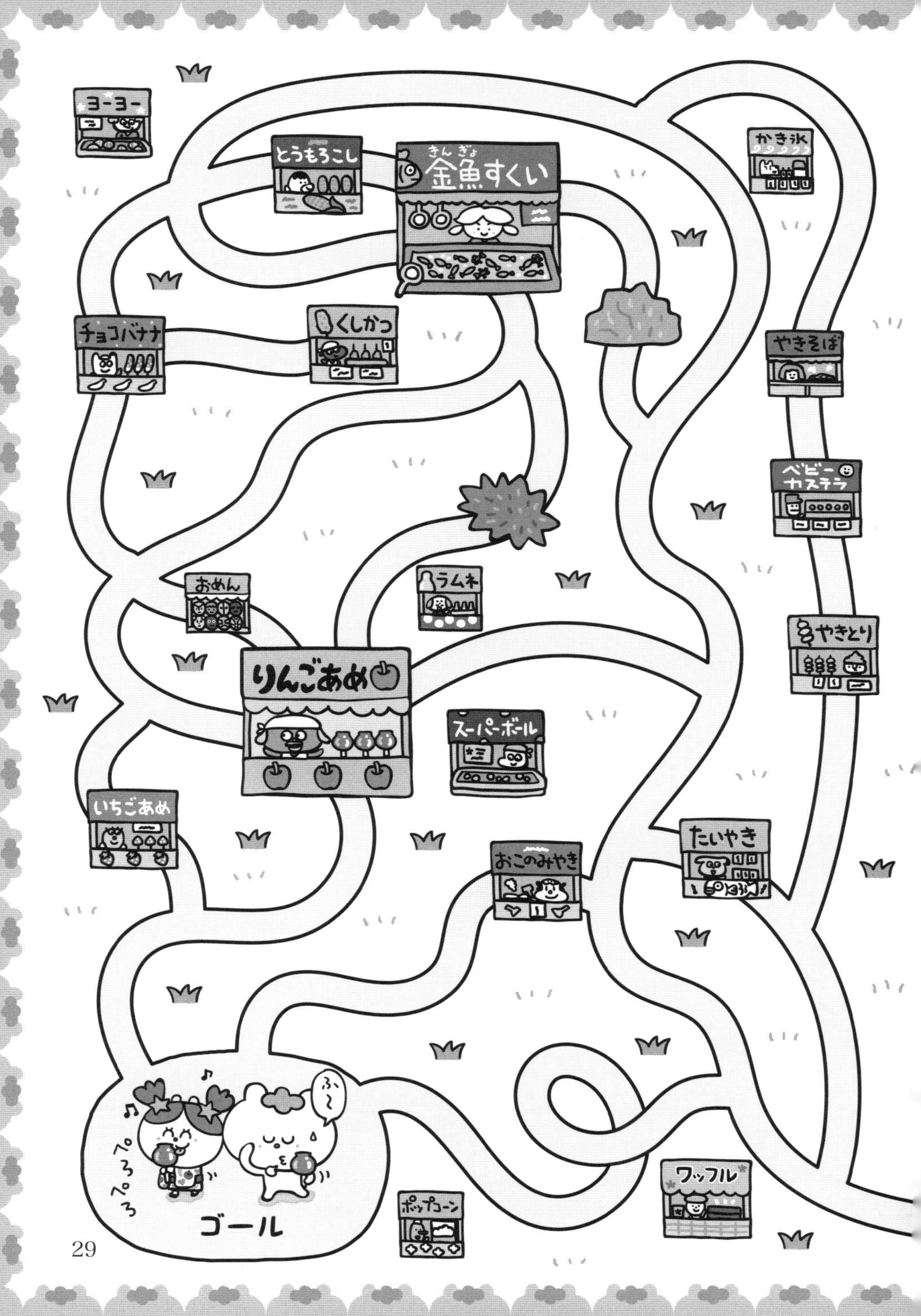

ヨーヨー
とうもろこし
金魚《きんぎょ》すくい
かき氷
チョコバナナ
くしかつ
やきそば
ベビーカステラ
おめん
ラムネ
やきとり
りんごあめ
スーパーボール
いちごあめ
たいやき
おこのみやき
ふ〜
ぺろぺろ
ワッフル
ポップコーン
ゴール

＊わなげが とくい!? ＊

＊わたあめやで…＊

＊りんごあめが 食《た》べたい！＊

＊金魚《きんぎょ》すくいは…＊

「おーい、のんのん！」

のんのんと　きらりんが
ふりむくと、のんのんの
クラスメイトたちが
手《て》を　ふっています。

「ぴこんちゃんと
ざわざわくんだ！」

※〔気《き》がすまない〕まんぞくしないこと。

「よう、のんのんじゃ
ねえか」
そういって　のんのんの
かたを　たたいたのは、
クラスメイトの　せかせか。
早口《はやくち》で、なんでも　せかせか
さっさと　やらないと
※気《き》がすまない、いたずら
ずきな　男《おとこ》の子《こ》です。

「おめえ、いいもん
もってるじゃねえか。
もーらいっ！」

せかせかは　そういうと、
のんのんが　もっていた
りんごあめを、ひょいと
うばって、走《はし》り出《だ》しました。

「あっ、せかせかくん、
かえしてよ〜」

せかせかは、まわりの
人《ひと》に　ぶつかり、
やたいに　ぶつかりながら、
風《かぜ》にも　まけないくらいの
はやさで　にげていきます。

せかせかの早口《はやくち》ことばに ちょうせん!

〜3回《かい》ずつ いえるかな?〜

めいろを 通《とお》って、のんのんを せかせかの ところまで つれて行《い》って あげよう。とちゅうに ある **早口《はやくち》ことば**を、**3回《かい》ずつ** いえないと 先《さき》に すすめないよ。

※同《おな》じ道《みち》は 2回《かい》 通《とお》れないよ。

※答《こた》えは 93ページに あるよ。

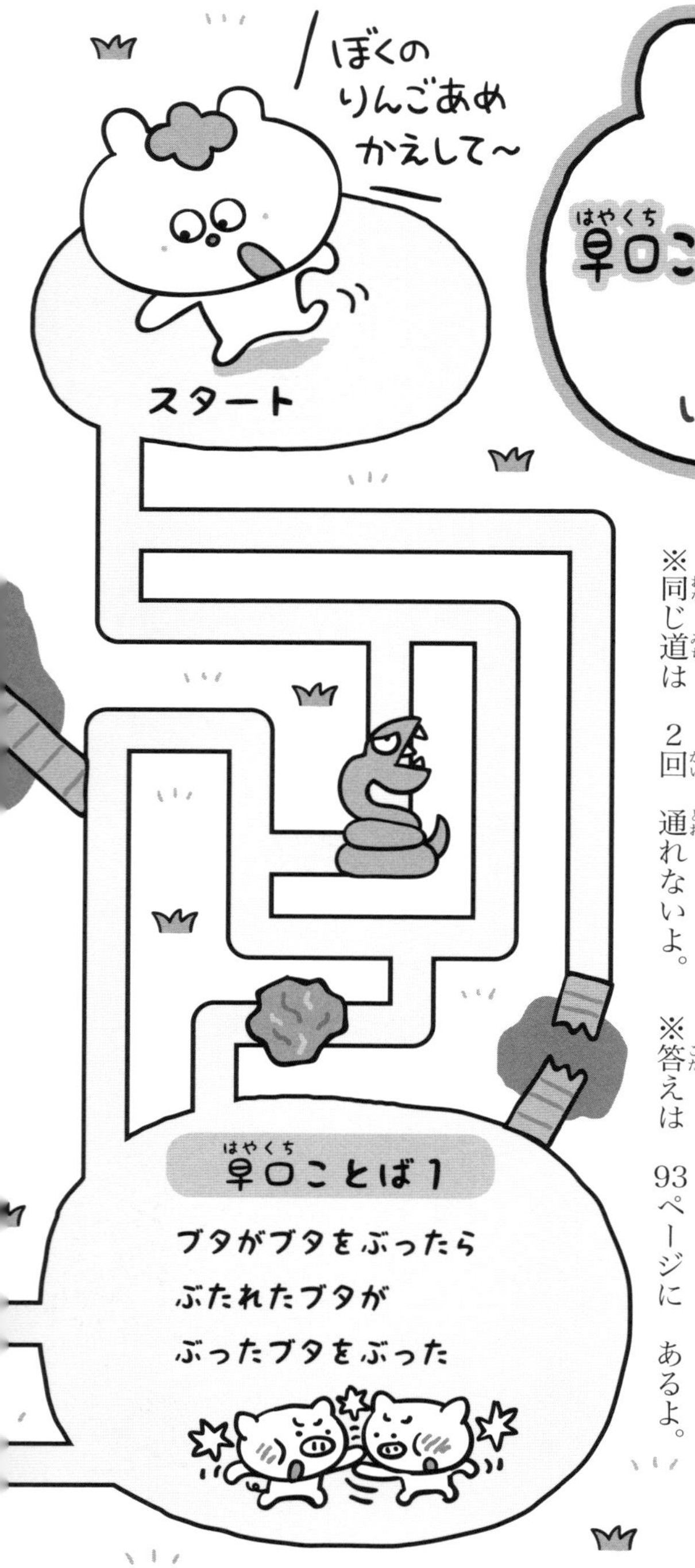

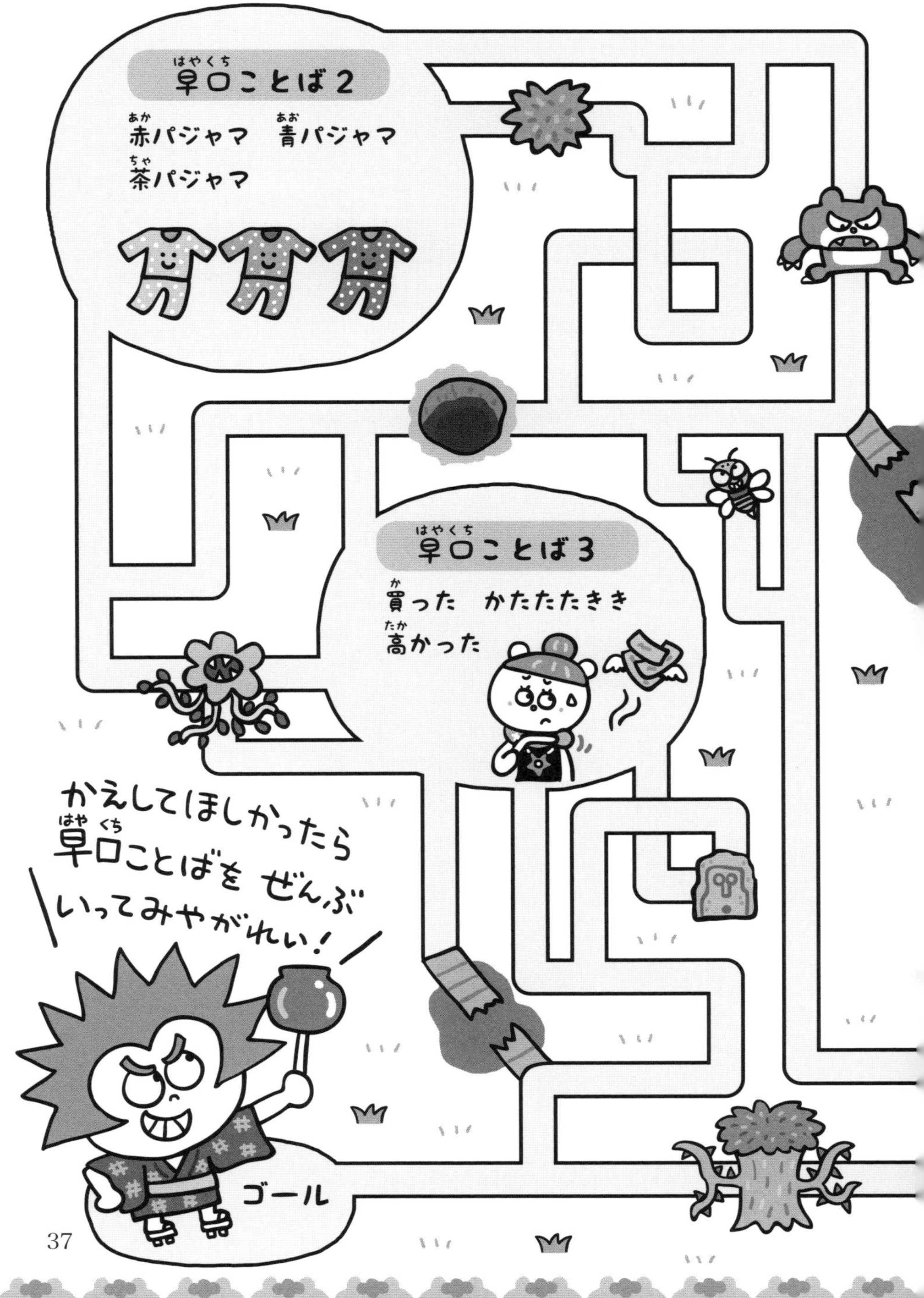

早口《はやくち》ことば2
赤《あか》パジャマ　青《あお》パジャマ
茶《ちゃ》パジャマ
早口《はやくち》ことば3
買《か》った　かたたたきき
高《たか》かった
かえしてほしかったら
早口《はやくち》ことばを ぜんぶ
いってみやがれい！
ゴール

のんのんたちは、せかせかを　おいかけます。
でも、足《あし》の　はやい　せかせかには、
なかなか　おいつけません。

「うーん。こうなったら　しかたないかあ。
のんのーん！」

ぐ　ぐ　ぐぅ――――ん！
のんのんの　手《て》が　ぐーんと　のびて、
せかせかの　ゆかたを　つかみました。

「うわあ！」

せかせかは、びっくり！

その　とたん、きゅうに　手《て》が

ちぢんだ　のんのんは、

せかせかに　ぶつかりました。

どん！

そして……。

のんのんと
せかせかは、
ごろ　ごろ　ごろ　ごろ……
ころがって、

金魚《きんぎょ》すくいの
たらいに　ドボン！

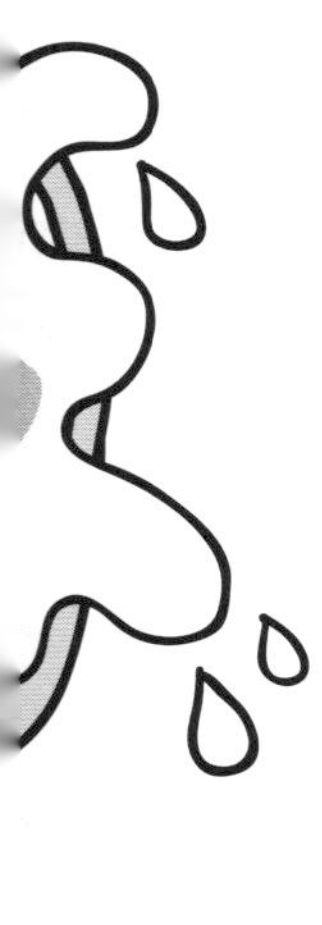

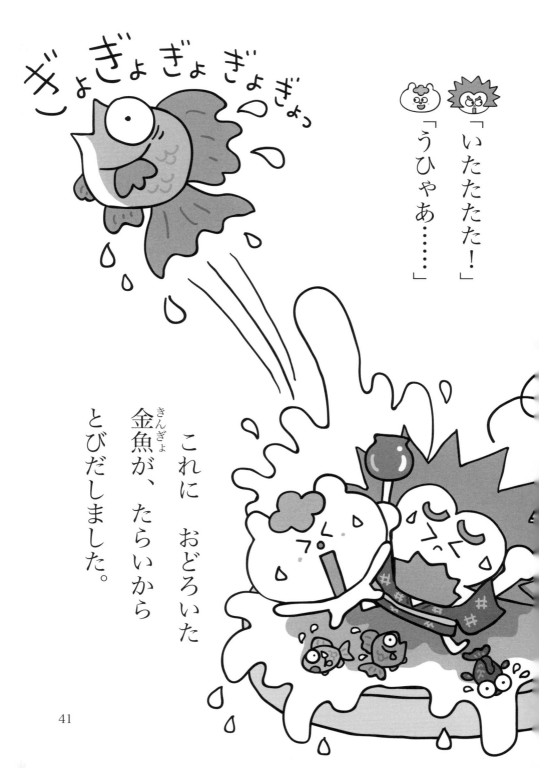

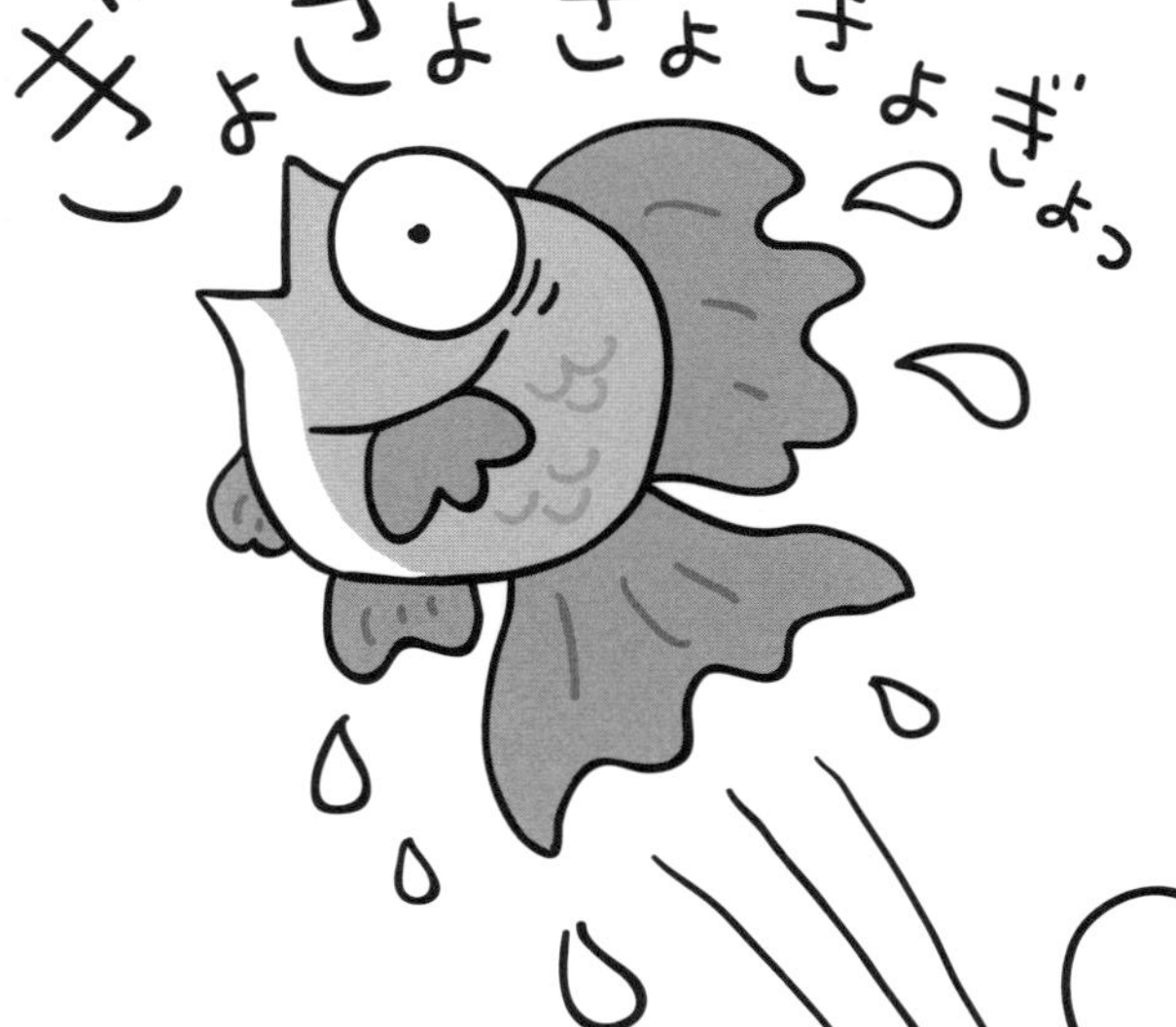
ぎょぎょぎょぎょぎょっ

「いたたたた！」
「うひゃあ……」

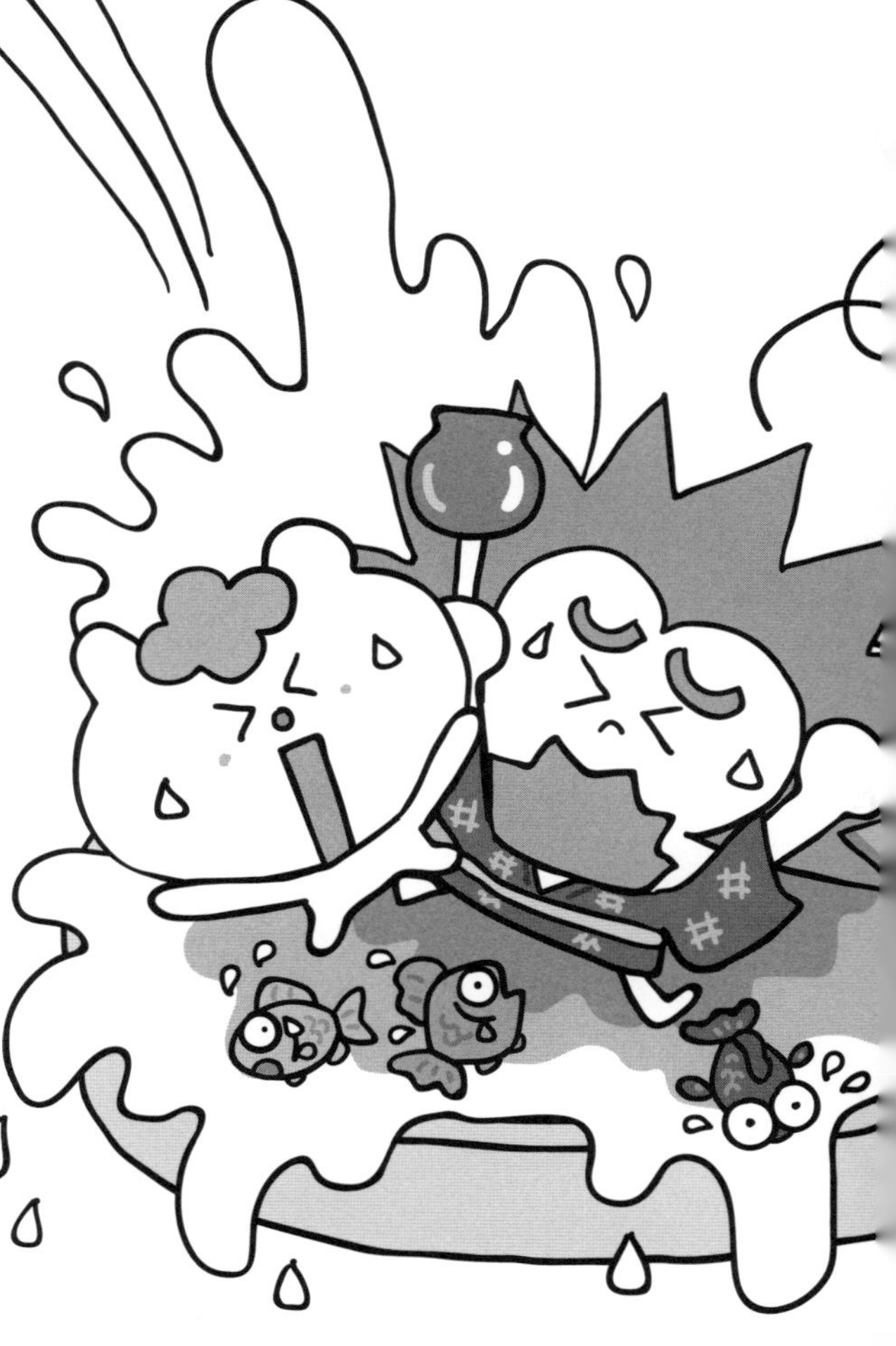

これに　おどろいた
金魚《きんぎょ》が、　たらいから
とびだしました。

金魚《きんぎょ》は　犬《いぬ》の　頭《あたま》に　おち、
それに　びっくりした　犬《いぬ》が
「わおん！」と　ほえて　かけだします。
かけだした　犬《いぬ》は、
やきそばやに　げきとつ！
「ぎゃわん！」

やきそばやの　やたいは
ごろごろごろ……と　ころがり、

ドッシーン！

大《おお》きな岩《いわ》に　ぶつかりました。

「た、た、たいへんだ！」

「だいじょうぶかい……」

そのときです。

めり　めり　めり……

大《おお》きな　岩《いわ》から　水《みず》が　ふきだしました。

びしゃー

「うわあ〜、ふんすいだよ！」
「なんてこった……」
「お、おいらの
せいじゃないよ……」

原《はら》っぱに　とつぜん　あらわれた
みずうみに、みんな
ぽかーんと　しています。
やたいも　花火《はなび》も、ぜんぶ

水《みず》に　ぷかぷか。
つかいものに　なりません。

「たこやき……
かきごおり……わたあめ……
う、う、うわ――――ん！」
きらりんが　なきだして
しまいました。

「あらまあ、どうしましょう」

ヒントは 3文字《もじ》！

水《みず》を 止《と》める 石《いし》は どれ？

～絵《え》の 文字《もじ》を 読《よ》みとけ！～

とにかく 水《みず》を 止《と》めないと、おまつりが めちゃくちゃ！ 水《みず》の 出《で》ている あなに 合《あ》う 形《かたち》の 石《いし》は、　の 中《なか》の どれかな？ 左《ひだり》の 絵《え》の 中《なか》に かくれて いる 文字《もじ》を 見《み》つけて、形《かたち》を 答《こた》えてね。

※答《こた》えは 94ページに あるよ。

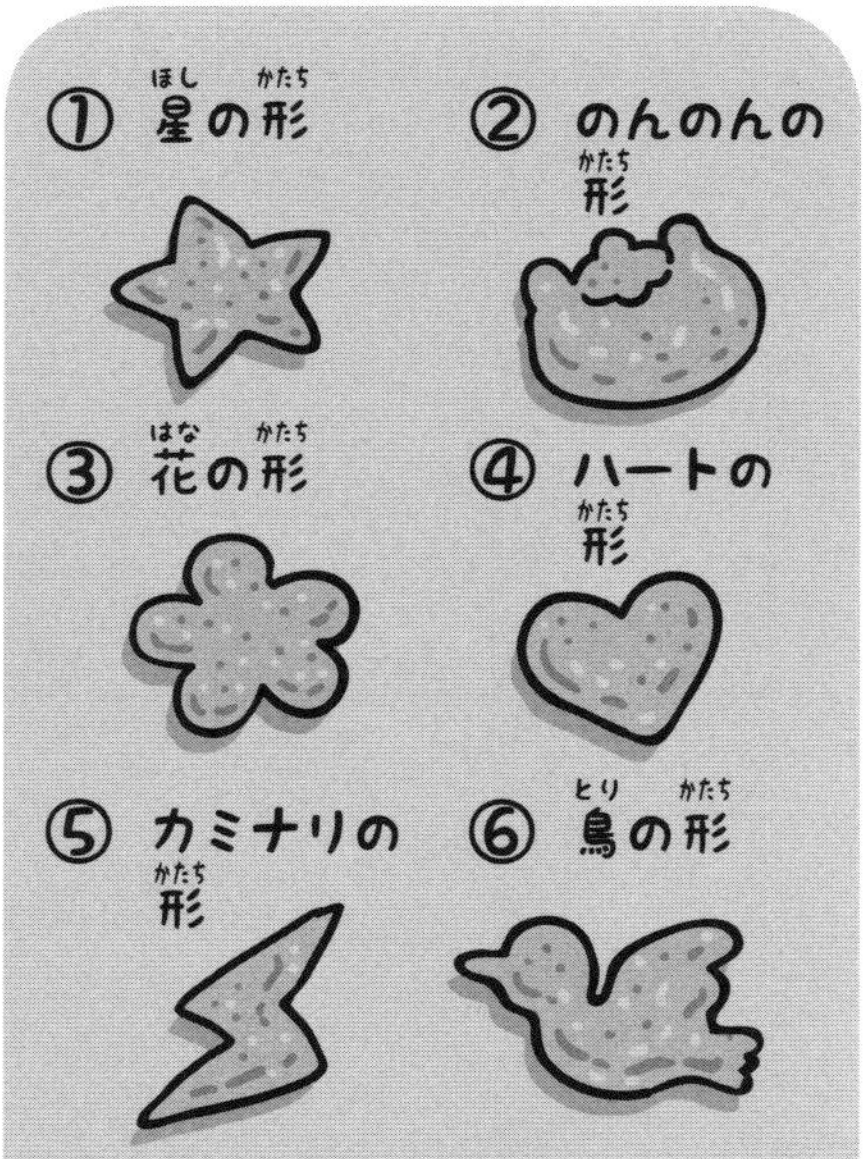
① 星《ほし》の 形《かたち》
② のんのんの 形《かたち》
③ 花《はな》の 形《かたち》
④ ハートの 形《かたち》
⑤ カミナリの 形《かたち》
⑥ 鳥《とり》の 形《かたち》
⑦ おんぷの 形《かたち》
⑧ はっぱの 形《かたち》

フランク
フルト

※〔おろおろ〕どうすればいいかわからないようす。

3 夏《なつ》まつり 大《だい》さくせん

みんなの がんばりで 水《みず》は 止《と》まりました。
でも、花火会場《はなびかいじょう》は 水《みず》びたしです。

「ああ、どうしよう。こまった、こまった」
町長《ちょうちょう》さんは ※おろおろ……。

「せっかく 作《つく》った 花火《はなび》が だいなしだ」

「食《た》べものも　ぜんめつ※だよ」

「これじゃあ、夏《なつ》まつりも　花火《はなび》も　中止《ちゅうし》だな」

「あーあ。楽《たの》しみに　していたのに」

町《まち》の　人《ひと》たちは、帰《かえ》りはじめてしまいました。

「えっ、花火大会《はなびたいかい》も　中止《ちゅうし》なの？」

のんのんも　なきそうに　なりました。

せかせかも　しょんぼり　しています。

「みんな、ごめんなさい……」

※〔ぜんめつ〕ぜんぶだめになってしまうこと。

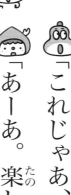

すると、　のんのんママが　いいました。

「花火《はなび》を　あげる　夜《よる》までに、
まだ　時間《じかん》は　あるわ。
みんなで　力《ちから》を　合《あ》わせて、
もう一《いち》ど　夏《なつ》まつりを
作《つく》りなおしましょう！」

のんのんママの　ことばを　きっかけに、
みんなは　やる気《き》を　とりもどしました。

ぐちゃぐちゃに　なった　会場《かいじょう》を　もどおりにする、「かたづけチーム」。
おきゃくさんを　よびこむ、「声《こえ》かけチーム」。
やたいの　りょうりを　作《つく》りなおす、「りょうりチーム」。
花火《はなび》を　作《つく》りなおす、「花火《はなび》チーム」。
この　四《よっ》つの　チームに　分《わ》かれて、みんなで夏《なつ》まつりを　作《つく》りなおす　さくせんです。

会場《かいじょう》を　きれいにする　「かたづけチーム」には、
せかせかが　います。

水《みず》びたしに　なった　やたいは　トラックへ、
おちているものは　どんどん　ごみぶくろへ
入《い》れていきます。
いっしょうけんめい　かたづけを　していると、
手《て》つだってくれる　人《ひと》が　ふえてきました。

「もう　こんなに　かたづいたぜ。
みんなで　かたづけると、ひとりで
やるよりも　早《はや》く　できるんだな！」
せかせかは　とくいげです。

のんのんと　きらりんは、町長《ちょうちょう》さんと　いっしょに、
帰《かえ》ってしまった　おきゃくさんを　よびこむ、
「声《こえ》かけチーム」です。

「みんなで　夏《なつ》まつりを　作《つく》りなおしましょう、
という　気《き》もちで　声《こえ》を　かけて　くださいね」

のんのんと　きらりんは、はりきって
声《こえ》を　かけはじめました。

「いらっしゃい、いらっしゃい〜。

夏《なつ》まつりは　中止《ちゅうし》じゃないですよ〜。
みんなで　また　夏《なつ》まつりを　作《つく》りましょう〜」

どうぶつたちを よびこもう！

～のんのんと クイズに ちょうせん！～

クイズ・バクからの　もんだい！
のんのんが　いる　方《ほう》には　あるけど、
きらりんが　いる　方《ほう》には　ない!?
なにか　わかるかな？　クイズに　答《こた》えて、
どうぶつたちを　よびこもう！

※答《こた》えは　94ページに　あるよ。

なし

- いちご
- あじさい
- ハンバーグ
- ぶた
- きゅうり
- さくら

こっちには
あるのかー
ヒントは……
色《いろ》に ちゅうもく！
のんのんも きらりんも
「ある」だよ！
ぴー ぴー ぴー ぴーよ
ある
バナナ
ひまわり
オムレツ
ひよこ
とうもろこし
たんぽぽ
のんのんさん
がんばって！

やたいの　りょうりを　作《つく》る、「りょうりチーム」は
のんのんママが　中心《ちゅうしん》です。

「まずは、なにを　作《つく》るか　きめましょうか」
「夏《なつ》まつりの　やたいなら、やきそばよね」
「それに、かきごおりでしょ、たこやきも！」
「カレーが　あっても　いいわよね」

つぎつぎに　いけん※が　出《で》て、おいしそうな
メニューが　きまりました。

※〔いけん〕かんがえたこと。

「よーし、じゃあ　うちから、
やさいを　もってこよう」
「それなら、うちは
肉《にく》を　もってくるよ」

りょうりの　ざいりょうは、
みんなで　手分《てわ》けして
あつめることに　なりました。

夏《なつ》まつり
もぐもぐメニュー
やきそば
カレー
からあげ
たこやき
フランクフルト
やきとり
ホットケーキ
ドーナツ
かきごおり
氷

通《とお》るときにはしまっていて、通《とお》らないときにあいているものはなに？（※答《こた》えは67ページ）

のんのんママと あつめて すすもう！

～りょうりの ざいりょうを さがそう～

りょうりの　ざいりょうを　**①肉《にく》→**
②やさい→③カレーこ→④ごはんと
ちょうみりょう→⑤こむぎこと　やきそば→
⑥こおりと　シロップの　じゅんばんに
あつめて、ゴールまで　行《い》こう。
おかしを　通《とお》っては　だめだよ！

※同《おな》じ道《みち》は　２回《かい》　通《とお》れないよ。

※答《こた》えは　94ページに　あるよ。

こむぎこと
やきそば
ごはんと
ちょうみりょう
こおりと
シロップ
カレーこ
ゴール
あつまったわ

みんなで　あつめた　ざいりょうで、　りょうりが
はじまりました。　みずうみの　そばに　テーブルを
ならべて　やたいを　出《だ》します。
ほら、　だんだん　いい　においが　してきましたよ。

「くん　くん　くん。
う〜ん　いい　においだなあ」
よびこみを　おえた　のんのんが、　においを
かいでいると、　せかせかが　やってきました。

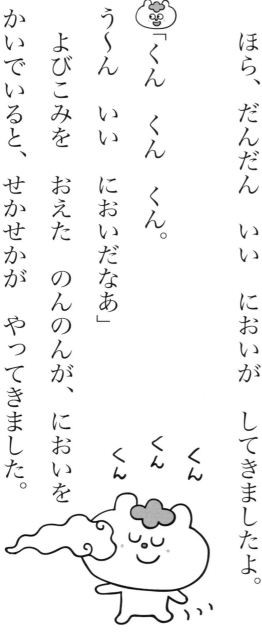

「おう。おめえの　とこも　おわったのかよ」

「せかせかくん！　うん、おわったよ〜。

でも、花火《はなび》チームは　どうなっているかなあ」

「のんのんパパなら、だいじょうぶだと
思《おも》うけど……ちょっと　気《き》になるよな」

のんのんと　せかせかは　顔《かお》を　見合《みあ》わせました。

「よし、行《い》ってみるか！」

「うん！」

ふたりは、せかせかが　もっていた　台車《だいしゃ》で、のんのんパパの　けんきゅうじょに　むかいます。

そのころ、花火《はなび》チームは　のんのん号《ごう》に　のって、
パパの　けんきゅうじょに　やってきました。
花火《はなび》を　作《つく》る、しょくにんさんも　いっしょです。

「ここなら、いろいろな　ざいりょうが
そろっています。いっしょに　とびきり※の　花火《はなび》を
作《つく》りましょう！」
パパは　目《め》を　きらきらさせて　いいました。
やる気《き》　まんまんです。

61ページの答《こた》え
ふみきり。電車《でんしゃ》が通《とお》るときにはしまっていて、通《とお》らないときはあいているよね。

※〔とびきり〕とくべつなこと。

「なにか　ひらめいたんですかい？」

「ええ、いい　※アイデアが　うかびました。
みなさん、ちょっと　耳《みみ》を　かして　ください。
ごにょ　ごにょ　ごにょ……」
と、そのときです。

「ちょっくら　ようすを　見《み》にきたぜ！」

「パパ、ぼくらも　花火《はなび》作《づく》り、手《て》つだうよ～」
あとを　おってきていた　のんのんと　せかせかも
とうちゃくしました。

「ありがとう。 いっしょに 作《つく》ろう！
さて、 花火《はなび》を 作《つく》るには、 火《ひ》だね草《そう》と にじ色《いろ》てっ
玉《だま》、ノンノンリウムの くすりびん、のんびり町《まち》の
しゃしんが ひつようなんだけど……。
まずは さがすところから はじめないとなあ」

パパは ぽりぽりと 頭《あたま》を かきました。
けんきゅうじょは ごちゃごちゃと ものが あって、
どこに なにが あるか わからないのです。

クイズ・バクの おまけクイズ
ナイスなスイカは、なにに へんしんする？（※答《こた》えは73ページ）

パパの けんきゅうじょで お手《て》つだい！

～花火《はなび》の ざいりょうを さがせ！～

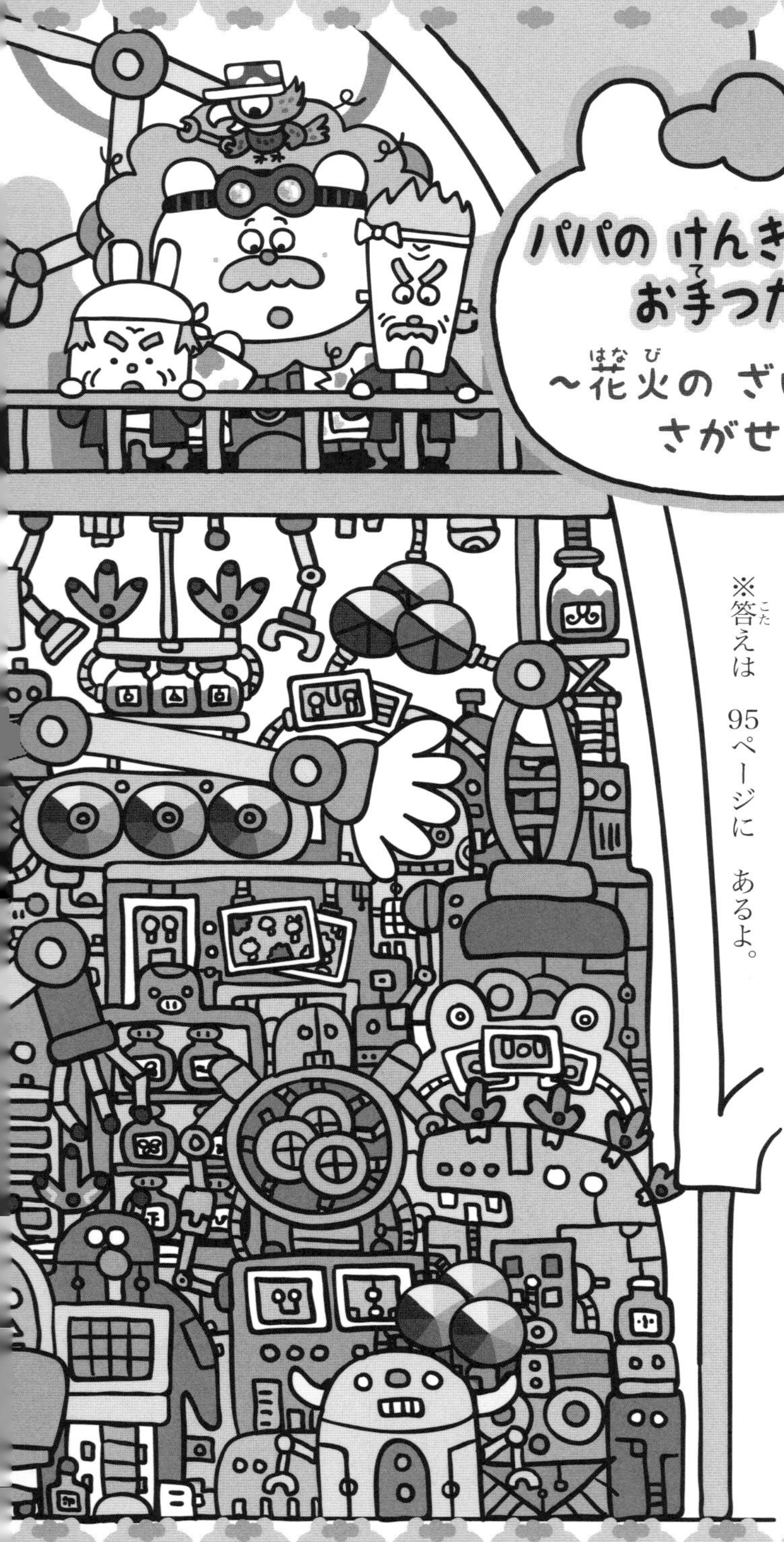

パパの　けんきゅうじょの　中《なか》から、
花火《はなび》の　ざいりょうを　さがそう！
ぜんぶで　4つあるよ。

※答《こた》えは　95ページに　あるよ。

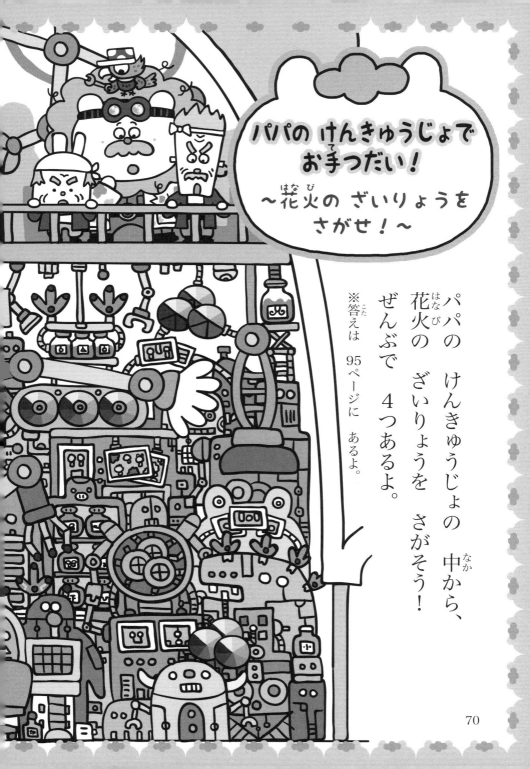

さがすものは……
火《ひ》だね草《そう》
ノンノンリウムのくすりびん
にじ色《いろ》てつ玉《だま》
のんびり町《まち》の しゃしん
よし、これで作《つく》るぞ!

4　みんなの　花火大会《はなびたいかい》

カァカァ

夕方《ゆうがた》に　なりました。

空《そら》が　オレンジ色《いろ》に　そまり、

日《ひ》が　くれてきています。

ウィーン……　ガチャン！　ガチャン！

パパの　けんきゅうじょから　聞《き》こえていた
きかいの　音《おと》が　ぴたりと　止《と》まりました。

「……よし、できたぞ……」
「パパさん、やりましたね……」

パパも　花火《はなび》の　しょくにんさんも　えがおです。

「じゃーん！
名《な》づけて　〝スマイル花火《はなび》マシーン〟だ！」

69ページの 答《こた》え
イカ。「ない」「ス」だから、「スイカ」から「ス」をとると……「イカ」！

スマイル花火《はなび》マシーン

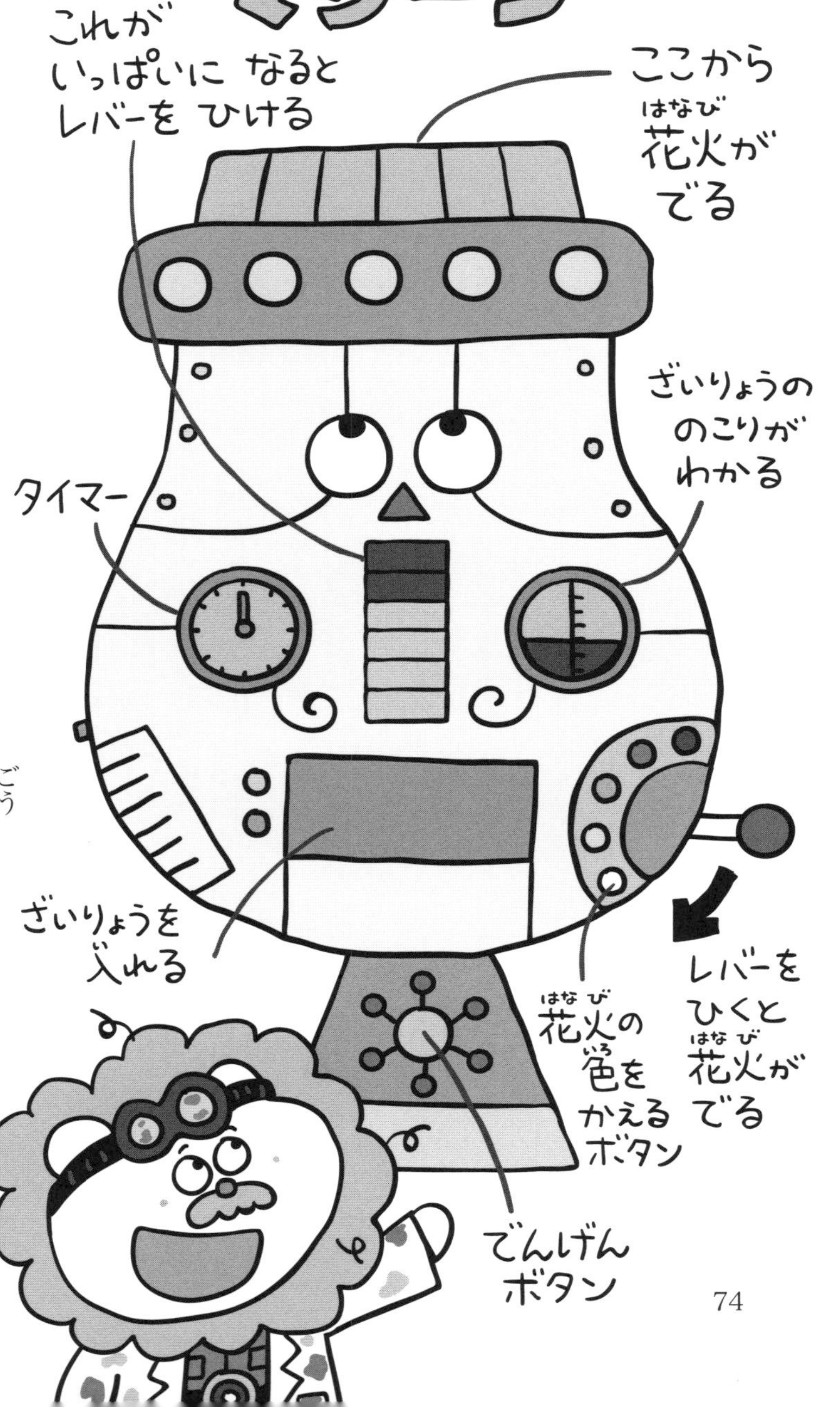

みんなで　マシーンを　のんのん号《ごう》まで
はこび、いざ　しゅっぱつ！　ところが……。

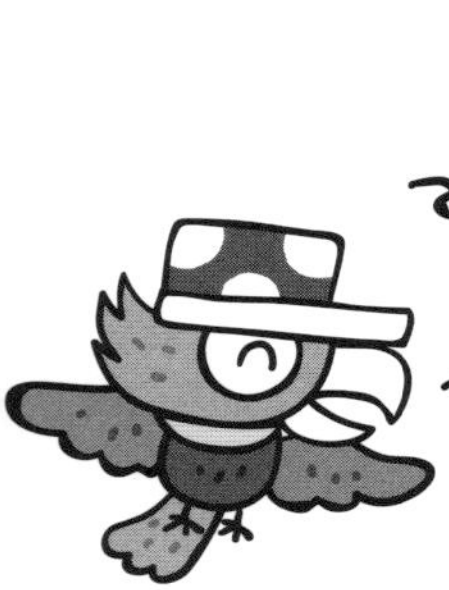

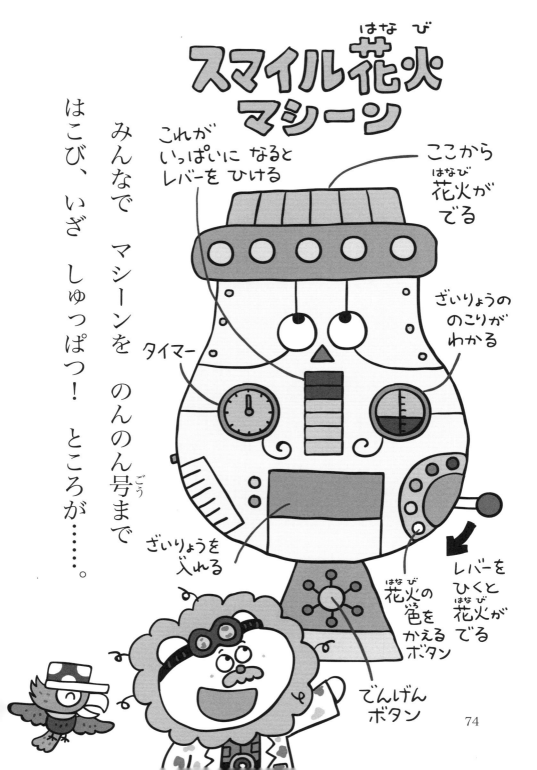

「オナカガ　スイテ　ウゴケマセン」

「なんだって!?　ねんりょうになる
スイーツは　ないし……。どうしたら　いいんだ！」

「わしらは　年《とし》なもんで、はこべませんぜ」
「パパは、足《あし》が　おそいもんね……」
すると、せかせかが　いいました。

「よし、のんのん。台車《だいしゃ》を　つかって
おいらたちが　はこぼうぜ！」

クイズ・バクの　おまけクイズ
あんしんするケーキってなに？（※答《こた》えは79ページ）

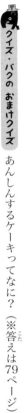

のんのん・せかせかを 手《て》つだおう！

～花火《はなび》マシーンをはこべ！～

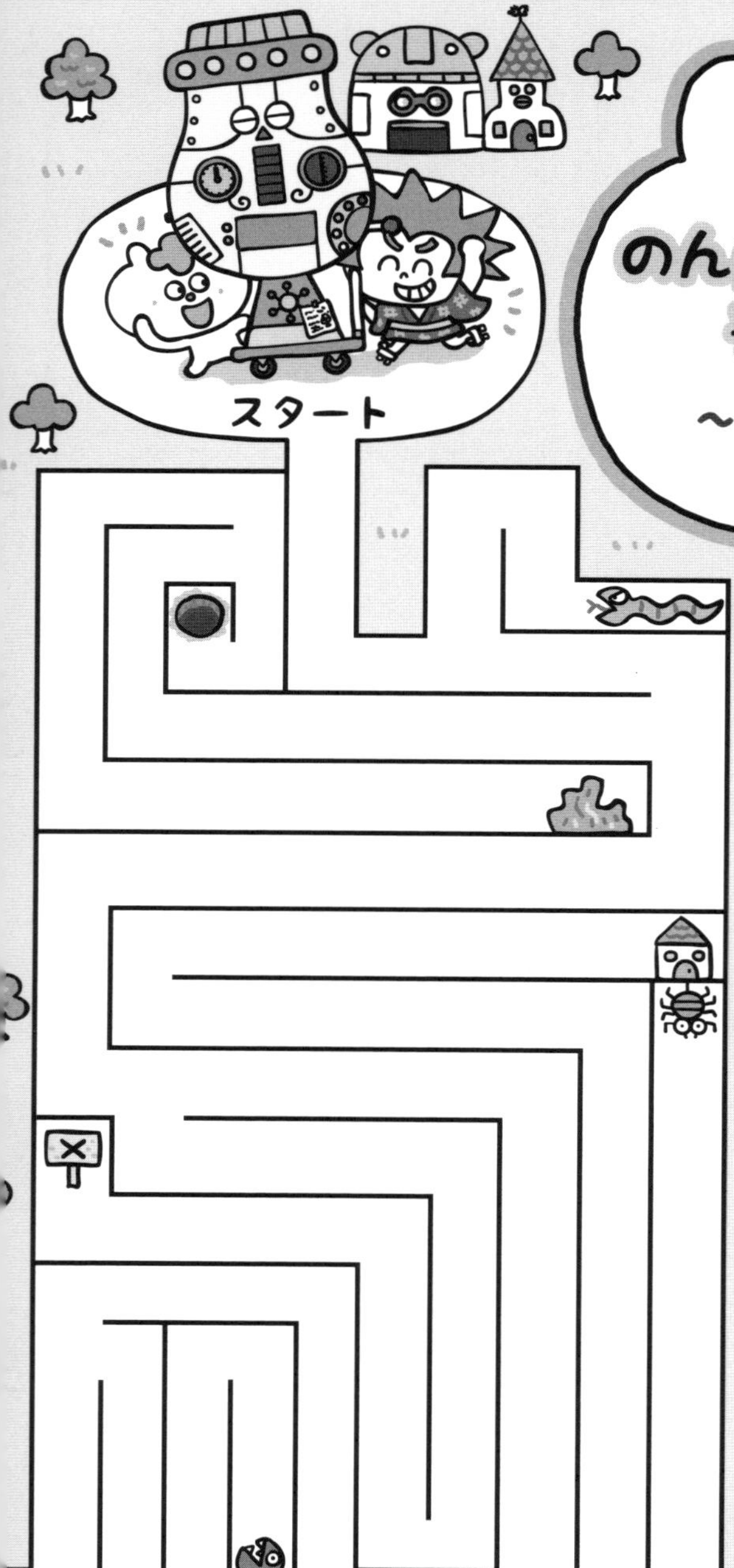

花火《はなび》マシーンを　はこぶことに　した、
のんのんと　せかせか。めいろを　通《とお》って、
ふたりが　はこぶのを　手《て》つだって
あげよう！

※同《おな》じ道《みち》は　2回《かい》　通《とお》れないよ。
※答《こた》えは　95ページに　あるよ。

ここを 通《とお》るには、
このクイズを
といてね！
ぴーよ
ぴー ぴー
？ のんのんママが、朝《あさ》まほうを
かけた食《た》べものとは？
ゴール

空《そら》が　くらくなってきました。
会場《かいじょう》では、みんな　ふあんそうな　顔《かお》をして
花火《はなび》が　とうちゃくするのを　まっています。

「パパたち、おそいね……」

「のんのん号《ごう》に　なにか　あったのかしら」

「ああ、よていの　時間《じかん》に　なってしまう。

花火《はなび》は　間《ま》に合《あ》うだろうか……」

と、そのときです。

「お――――い！」

「あっ、おにいちゃんの 声《こえ》！」

おかの むこうに のんのんと
せかせかが 見《み》えます。

「み、みんな……ま、またせたな。い、今《いま》、
せ、せかせかさまが は、花火《はなび》マシーンを……」

せかせかは、つかれはてて たおれてしまいました。

「せかせかくん、あとは ぼくに まかせて！」

75ページの 答《こた》え

ホットケーキ。「ホッ」とするケーキだからね！

のんのんは　そういうと　台車《だいしゃ》を　もって、
いきおいよく　うでを　のばしました。

「のんの〜〜〜ん！」

花火《はなび》マシーンが　のった　台車《だいしゃ》は、
のんのんの　うでで　ぐいっと　おされ、
みんなの　ところまで　とどきました。

※〔かいさい〕会《かい》を　ひらくこと。

「やったあ！　これで　間《ま》に合《あ》うわ！」

「ああ、よかった。
これで、花火大会《はなびたいかい》も　かいさい※できますな」

遠《とお》くから　のんのんが　さけんでいます。

「つかい方《かた》は　花火《はなび》マシーンに
はってあるよー！」

「しょうちしましたよ～」

パン　パカ　パーン！

はぁ
はぁ
はぁ
はぁ
はぁ
はぁ
せかせかさんっ!!
おうっ!
のんのん!
おにいちゃん!
やったなのんのん!
ヨロヨロ…
えへへ…
おーいだいじょうぶかー
あっパパー!

花火大会《はなびたいかい》の　はじまりを　つげる　合図《あいず》が
なりました。

みんな、みずうみの　そばに　すわって、
思《おも》い　思《おも》いに　りょうりを　食《た》べています。

「はあ〜。はたらいた　あとの　からあげは
おいしいねえ」

のんのんは、せかせかや　きらりんと　ならんで
からあげを　ほおばりながら　いいました。

クイズ・バクの おまけクイズ

食《た》べると、パパがきらいになるくだものって？（※答《こた》えは85ページ）

「ええー、ごほん、ごほん。
まもなく　花火《はなび》大会《たいかい》を　はじめます。
今回《こんかい》の　花火《はなび》大会《たいかい》は　かいさいの　きき※が
ありましたが、みなさんの　ごきょうりょくに
より、かいさいすることが　できました。
みなさん、どうもありがとう。
ええー、それから。みなさんに　おねがいですが、
だれかが　食《た》べているものを　かってに　とっては
いけませんよ。みんなで　分《わ》け合《あ》って　食《た》べましょう。

※〔きき〕きけんなじょうたい。

わたしの　話《はなし》は　いじょうです」

パチ　パチ　パチ　パチ

町長《ちょうちょう》さんの　話《はなし》が　おわり、
いよいよ　花火《はなび》の　うち上《あ》げが　はじまります。

「どんな　花火《はなび》かしら」

「ふふふふ。わくわくするね！」

83ページの答《こた》え
パパイヤ。「パパ」「イヤ」だもんね。

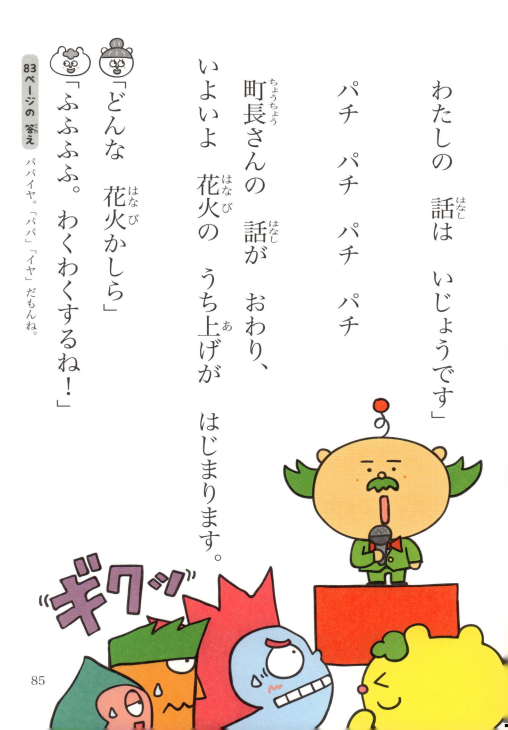

ぴゅ〜〜〜ひゅるる〜〜〜ドーン！

「わあ！　あたしたちの　花火《はなび》だ！」

夜空《よぞら》に　うち上《あ》がった　花火《はなび》は、町《まち》の　みんなの
顔《かお》の　花火《はなび》でした。

「パパ、さいこう！」

「のんのん、きょうは　すまなかったな」

「ぼくも　きゅうに　手《て》を　のばしたりして
ごめんね。たいへんだったけど、みんなの　おかげで、
さいこうの　夏《なつ》まつりに　なったよね」

のんのんは、きょう　あった　できごとを
思《おも》い出《だ》しながら、なんて　おもしろい　一日《いちにち》
だったんだろう、と　思《おも》ったのでした。
（おしまい）

ゆかいな のんびり町《まち》新《しん》聞《ぶん》

月《がつ》日《にち》（星《ほし》ようび）
きょうの 天気《てんき》 はれ

みずうみ あらわれる！

夏《なつ》まつりが おこなわれた日《にち》、ほんわか野原《のはら》に とつぜん 大《おお》きな みずうみが あらわれた。ある じけんが きっかけで あらわれたのだが、この みずうみに 早《はや》くも すみついた ものが いるようだ。

▼カモ・ワタリさん
「きれいな わき水《みず》の みずうみは たいへん きちょうですよ。すみごこちも ばつぐんです」

▼メダカ・スイスイさん
「新《あたら》しい 水《みず》って いいじゃない。だから、ご主人《しゅじん》に おねがいして、つれて来《き》て もらったのよ」

町長《ちょうちょう》の のんびりだより

▼のんびり町《まち》に 夏《なつ》が やって来《き》た。今年《ことし》は いつもより のんびりぐもが はったつするだろう、と のんびりテレビが つたえている。▼夏《なつ》といえば、わがのんびり町《まち》では、少《すこ》し 足《あし》を のばせば 行《い》ける「さわやかはま」の海《うみ》が 人気《にんき》スポットだが、今年《ことし》は ここに もう一《ひと》つ くわわるだろう。大《おお》きな みずうみが できたためだ。▼みずうみの 名前《なまえ》は「のんびりみずうみ」に きまった。じつに わが町《まち》らしい ネーミングだと 思《おも》う。

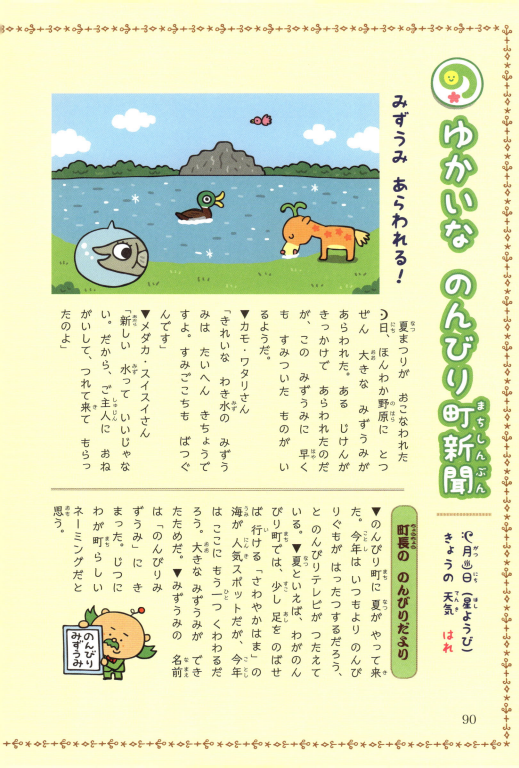

のんのんパパ、夏《なつ》まつりの ききを すくう 大《だい》はつめいい！

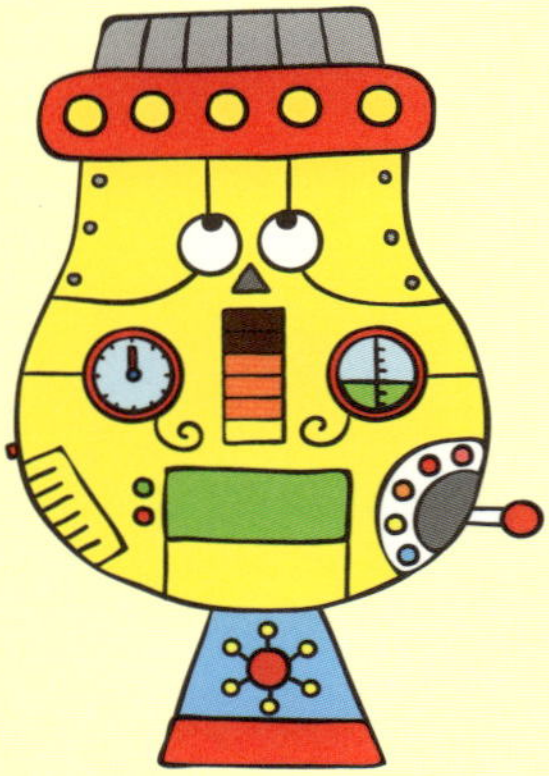

のんのんパパが、夏《なつ》まつりの ききをすくったばかりではなく、またもや大《だい》はつめいを したそうだ。その名《な》も「スマイル花火《はなび》マシーン」。さっそく、のんのんパパに 話《はなし》を 聞《き》いた。

▼のんのんパパの 話《はなし》

「夏《なつ》まつりに 花火《はなび》が ないのは ざんねんですからね。花火《はなび》しょくにんのみなさんの おかげで、すばらしい花火《はなび》のマシーンが できましたよ。来年《らいねん》も きたいしていてください」

大《だい》こうひょう！ とうふばあの おとうふドーナツ！

夏《なつ》まつりで りょうりチームが作《つく》った「おとうふドーナツ」が 大《だい》人気《にんき》！ なんと、このたび しょうひんかされたという。▼「おとうふドーナツ」を 作《つく》ったとうふばあは、「いつも あたしの おやつに 作《つく》っていたの。なんだか はずかしいわあ。でも みんな よろこんでくれるのよ」と 話《はなし》を してくれた。ドーナツは、のんびりちゅうおう通《どお》りのおとうふしょっぷで 手《て》に入《はい》る。ひとつ100ノンと、とても お買《か》いどく。まいにちの おやつに ぜひ どうぞ。

▼でんわ ♡♡♡（☆☆）＊＊＊ おとうふしょっぷ（とうふばあ）まで

〜のんびり町《まち》 おすすめ品《ひん》〜

ぽっきり森《もり》の
とれたて夏《なつ》やさい
ゆらゆらていとくせい！
夏《なつ》のスープ
せんなさんの
なまごカレー

〜のんびり町書店《まちしょてん》の イチオシ本《ぼん》〜

のんのんに教《おそ》わる
どうぶつことば
せかせかと話《はな》そう！
早口《はやくち》ことば
のんのんママの
まほうde《で》ゆかた！

あそびページの 答《こた》え

●14・15ページ もようあてあそび

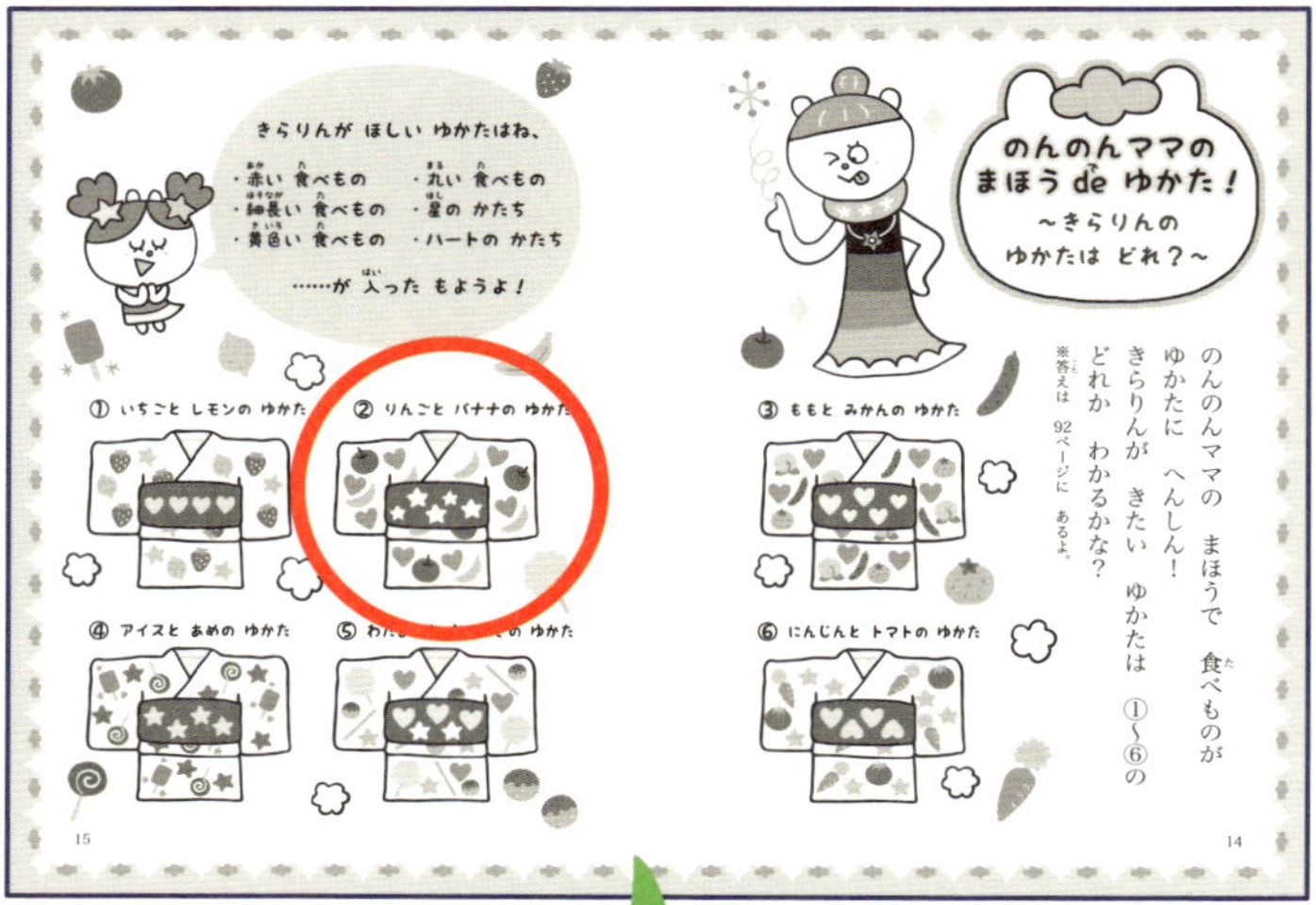

②の りんごと バナナの もようの ゆかただよ！

●22・23ページ パパの けんきゅうじょめいろ

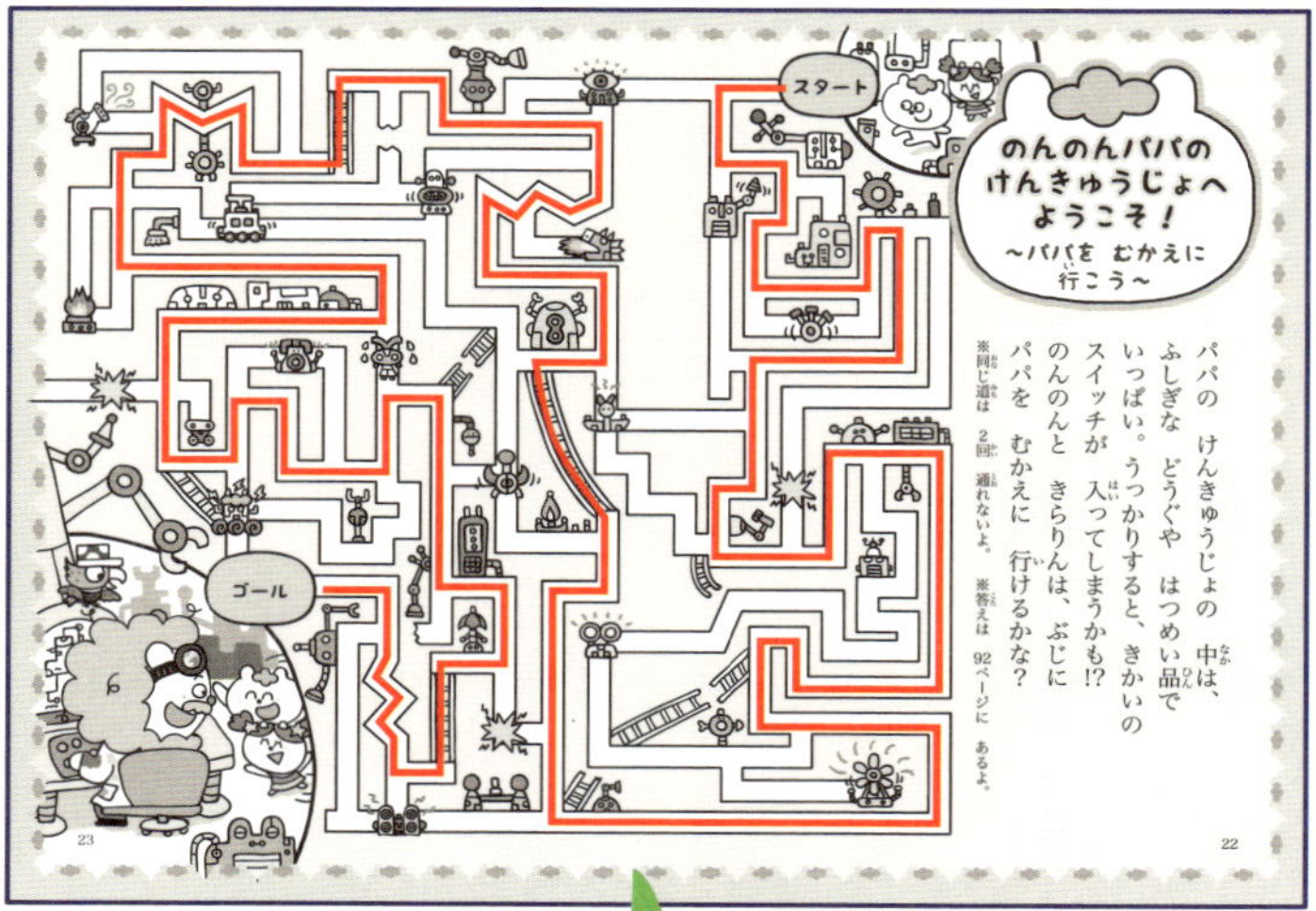

―――の せんが 答《こた》えだよ。

●28・29ページ　夏《なつ》まつりめいろ

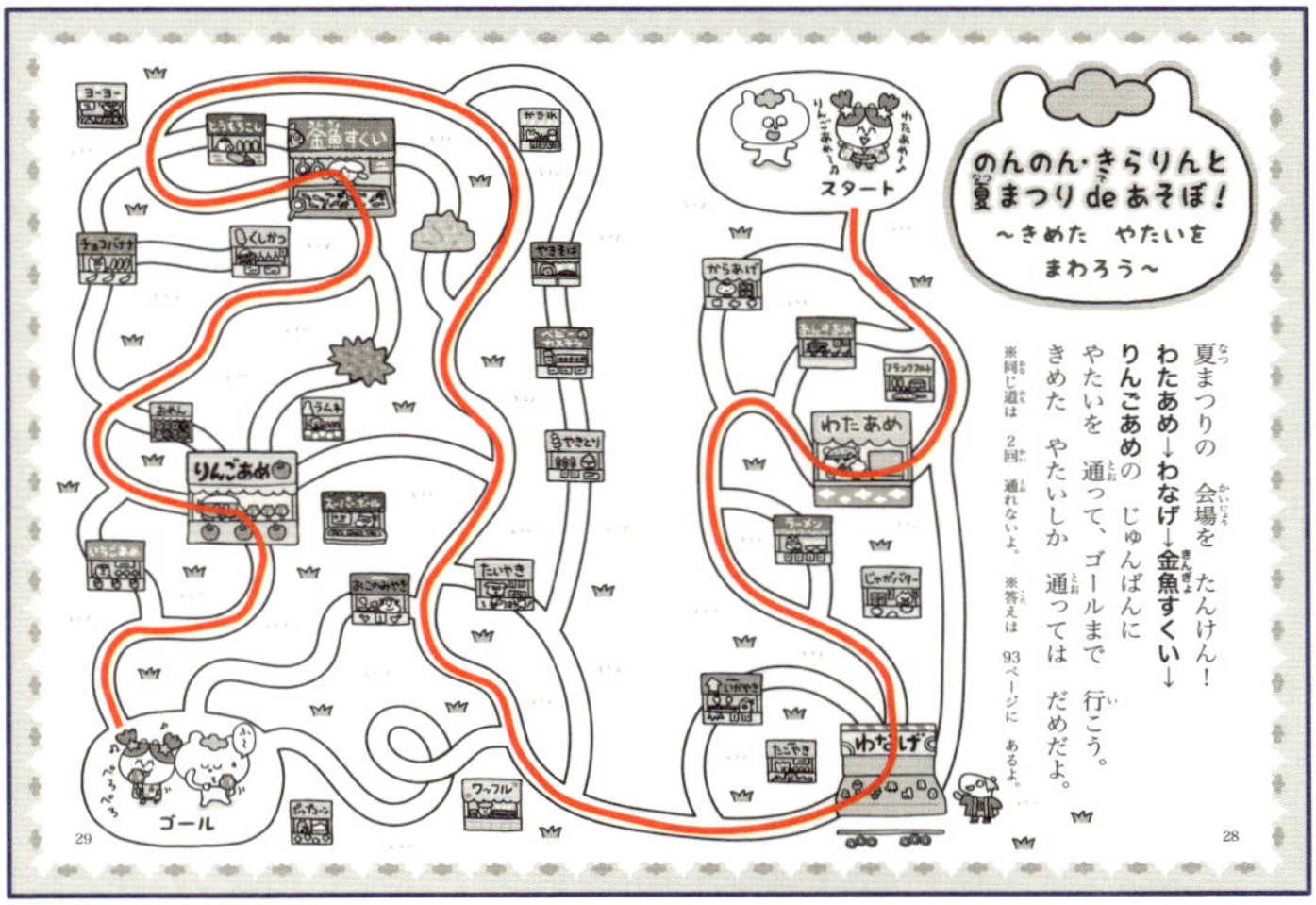

●36・37ページ　早口《はやくち》ことばめいろ

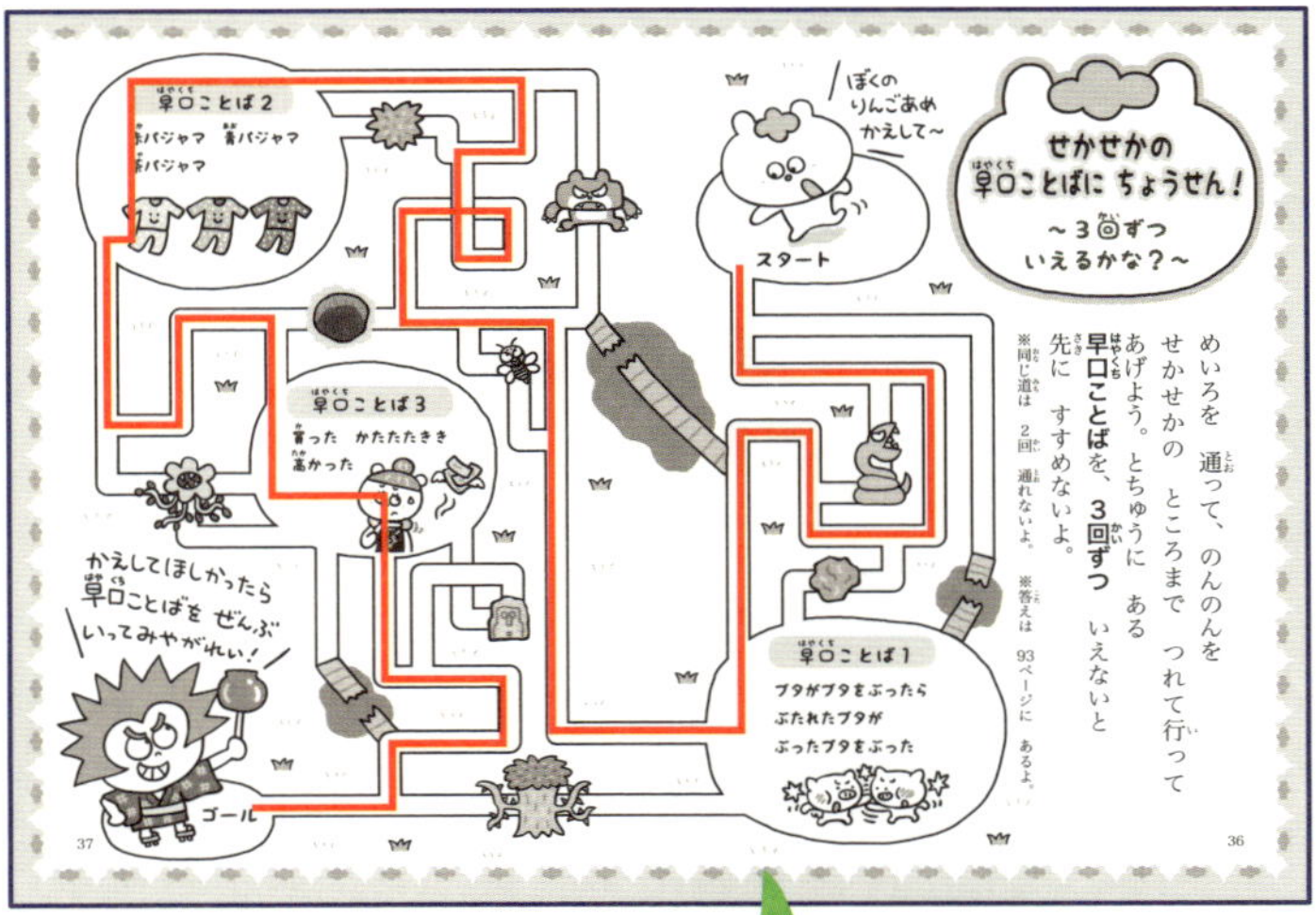

早口《はやくち》ことばにも　ちょうせんしてみてね！

●48・49ページ 形《かたち》あてあそび

水《みず》の 上《うえ》に
かくれている
文字《もじ》は、「ハート」。
あなに 合《あ》う 形《かたち》の
石《いし》は ④だよ！

●58・59ページ あるなしクイズ

「ある」ほうの ものは、ぜんぶ
黄色《きいろ》いもの！ 答《こた》えは「黄色《きいろ》」だよ。
のんのんかぞくは みーんな
「ある」だね！

●62・63ページ りょうりの ざいりょう あつめめいろ

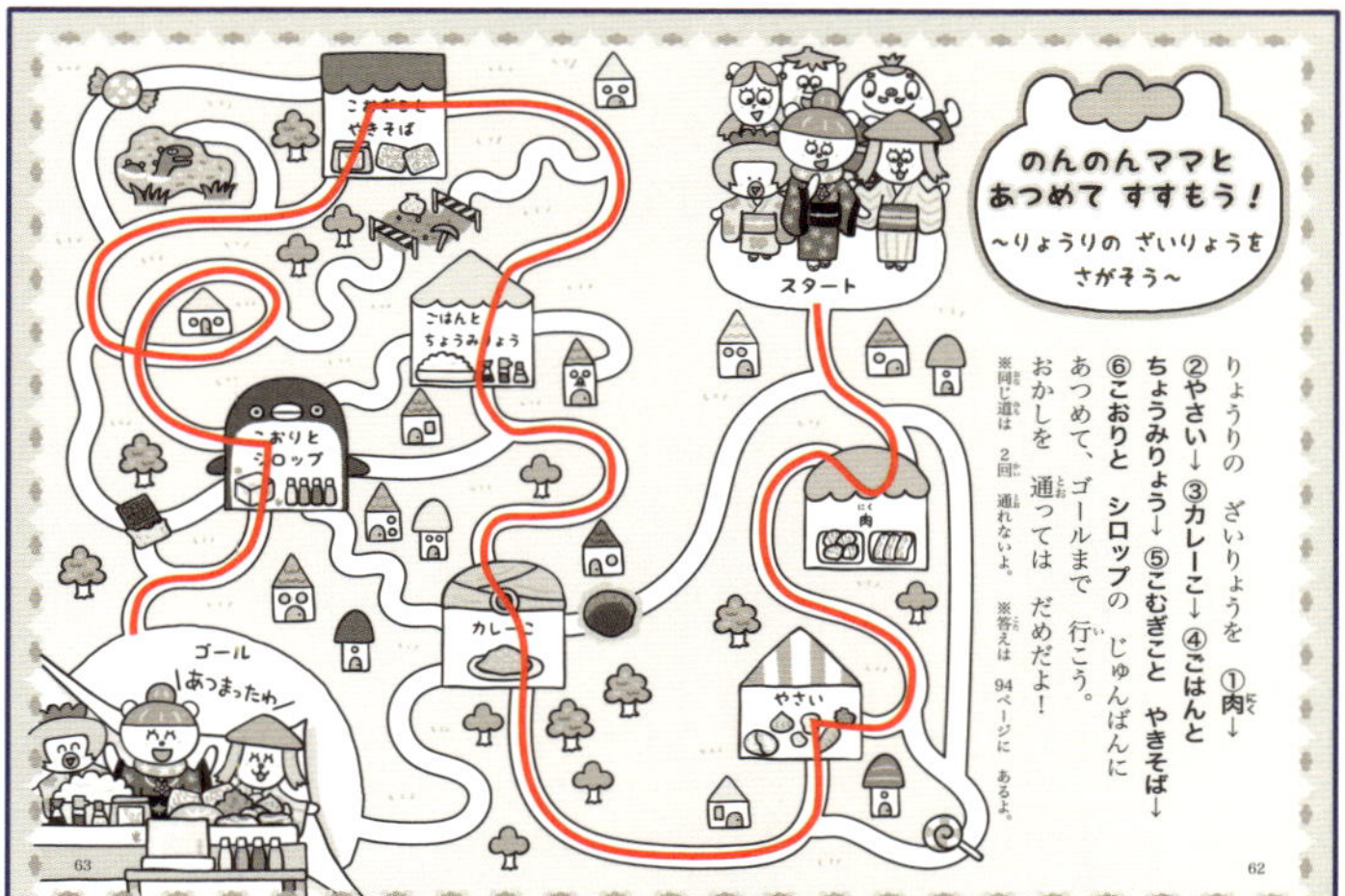

● 70・71ページ
花火《はなび》の ざいりょうみつけあそび

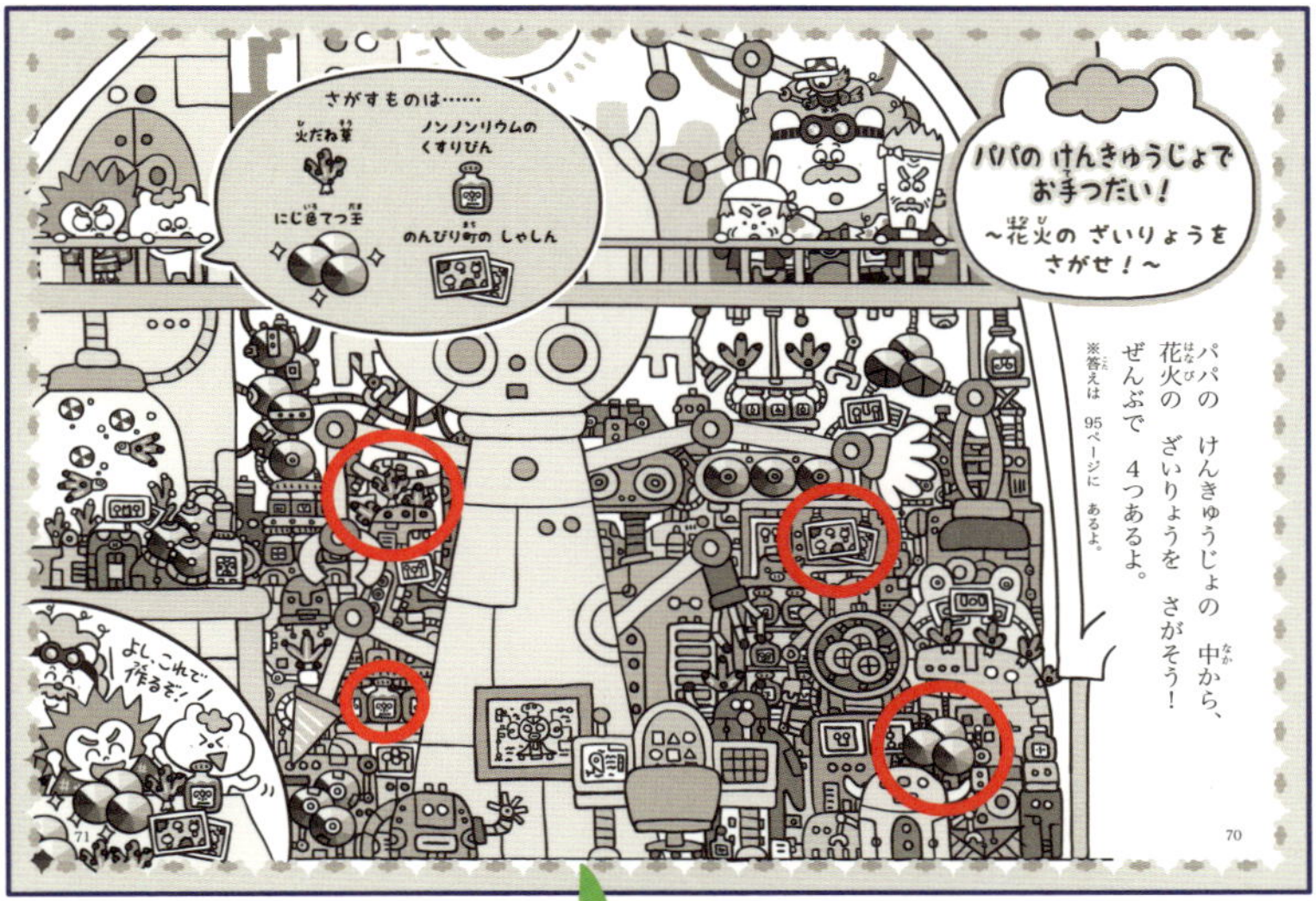

○が ざいりょうだよ。ぜんぶ 見《み》つけられたかな？

● 76・77ページ
花火《はなび》マシーンはこび めいろ

クイズの 答《こた》えは、「ベーコン」だよ！

■ 絵／森《もり》のくじら

1973年愛知県生まれ。岐阜県羽島市在住のイラストレーター。絵本作品に『かいぞくフライパンせんちょう』シリーズ（チャイルド本社）、『おとのでる絵本』シリーズ（金の星社）、児童書作品に『なぞなぞ＆ゲーム王国』シリーズ（ポプラ社）、『白い本』シリーズ（学研）など。ミュージシャン『きいやま商店』グッズなど、様々な分野で活動中。
http://www.morinokujira.com

■ 構成・文／グループ・コロンブス

主に児童書を編集する制作集団。
作品に、『トリックアート』シリーズ（あかね書房）、『名作よんでよんで』シリーズ（学研）、『辞書引きえほん』シリーズ（ひかりのくに）、『はじめてのくさばなあそび』（のら書店）、『こどものこよみしんぶん』（文化出版局）、『でんじろう先生のおもしろ科学実験室』シリーズ（新日本出版社）など多数。

のんのんかぞくとあそぼ！
のんのんかぞくの夏《なつ》まつり

2018年6月15日　初　版　　NDC913 95P 21cm

絵	森のくじら
構成・文	グループ・コロンブス（栗田芽生《くりためい》）
発行者	田所　稔
発行所	株式会社 新日本出版社
	〒151-0051　東京都渋谷区千駄ヶ谷4-25-6
	電話　営業03(3423)8402／編集03(3423)9323
	info@shinnihon-net.co.jp　www.shinnihon-net.co.jp
振替番号	00130-0-13681
印刷・製本	図書印刷株式会社

落丁・乱丁がありましたらおとりかえいたします。

ISBN978-4-406-06266-4　C8393　Printed in Japan

おてんきみどり
きょうの てんきを
おしえてくれるけど
よく まちがえる
ものおき
べや
ママの
へや
まほうの
べんきょうを
している
きらりん
の
へや
のんのん
の
へや
リビング
キッチン
このおくに
かいだんや
ほかのへやがある
パパのけんきゅうじょのドア